passion

of the books, by the books, for the books

輪子上的帕那索斯

Parnassus on Wheels

克里斯多夫・墨里 Christopher Morley 著
陳榮彬 譯

導讀

書的佈道者

王強

我敢斷言，今天很少會有人去耽讀克里斯多夫・墨里（Christopher Morley）的著作了。二十世紀初這位曾經紅極美國文壇的小說家、散文家、詩人、劇作家似乎就這樣永遠落寞地走進了歷史深深的遺忘之中。然而，在我這個愛書者記憶的心田裡，他卻依舊硬朗地活著——一雙溫情的紳士的眼睛透過高高鼻樑上的鏡片，釋放著誘人的書卷氣；一臉濃密的絡腮鬍修剪得像他的文體一般乾淨、輕靈；一個佈道者的聲音在斬釘截鐵地說：「當我們賣書給別人的時候，賣出去的可不只是十二盎司的紙、墨水跟黏膠——而是一個嶄新的生命。」其實，這句話是他借著羅傑・米福林（Roger Mifflin）的口說出來的。羅傑・米福林是他發表於一九一七年的作品

《輪子上的帕那索斯》（*Parnassus on Wheels*）中的靈魂人物——那個年近中年、個子矮小、禿頂、眼角佈滿魚尾紋、留著一撇紅鬍子、叼著煙斗、倔強、勇敢、幽默、粗魯中無時無刻不忘傳遞騎士風度、以向鄉下人送去「文學福音」爲己任、快樂地駕一輛大篷販書馬車終年巡遊鄉野、理想主義到了無可救藥程度的淵博的「文學商販」（a literary peddler）。

《輪子上的帕那索斯》是一部百餘頁的小說。但在我看來，它不僅僅是一部小說。兩年前從一家舊書店發現它的那一時刻起，我就一廂情願地把它稱之爲「小說體的書話」。法朗士和茨威格筆下「書卷氣」儘管濃得化不開，可那「書卷氣」的存在完全是爲「故事」情節服務的，是手段不是目的。《輪子上的帕那索斯》則是在「故事」情節這一手段的推助下，巧妙而淋漓盡致地宣洩了作者內心深處對書的聖徒般的深情。這是一部引導人們去發現「售書業」所獨有的精神愉悅本質的浪漫傳奇。同時，它還以原生態的方式保留住了書店發展史上的重要一頁——流動大篷車傳播知識和資訊的時代在二十世紀初開始式微。

「帕那索斯」是羅傑・米福林給他的「文化大篷車」起的名字。撲鼻的書卷氣立即把人帶回到古希臘那座被視為是太陽神阿波羅和眾繆斯悠遊的聖山，正因如此，後來「帕那索斯」這一專名就在比喻的意義上指代文學的、特別是詩歌的靈感了。「輪子上的帕那索斯」原來竟是「流動的詩」！就連那隻跑前跑後的小獵犬「薄克」（Bock）都是為提醒它的主人時常翻讀薄迦丘（Boccacio）的《十日談》而得名的。好一隻文學的狗！

秋天是充滿詩意的。《輪子上的帕那索斯》的故事就註定選擇在十月一個秋高氣爽的早晨靜靜地展開。

從城市退隱鄉下的兄妹倆過著日出而作、日落而息的單調卻平靜的鄉居生活。哥哥安德魯．麥吉爾「就像小女孩一樣不切實際而愛幻想，老是夢想著遊歷四方」。「他太愛書了」。「他只要一沉緬到書裡就像母雞孵蛋那樣投入。」一部描寫鄉居快樂時光、名叫《重返樂園》（*Paradise Regained*）的小說的出版和暢銷讓安德魯一夜成名。稿約紛至遝來，平靜的日子「再也不像從前了」。「安德魯越來越不像農夫，倒是文人的風味在他身上日漸滋長。」妹妹海倫．麥吉爾越來越多地擔起了生活的重負，漸漸對哥哥由不滿變成了憤怒：「我從此就想他那本書應該叫做《失樂園》

（*Paradise Lost*）才對。」「我要以其人之道還治其人之身。」於是，十月那個奇妙的早晨，當賣書人羅傑・米福林和他滿載著書籍、漆成淡青綠色、由一匹健碩的白馬拉著的售書大篷車來到海倫的農舍的時候，女主人公「報復」的機會來到了。

「安德魯・麥吉爾是住在這兒嗎？」「他一直到中午都不會在家……不會吧，難道你也是個出版商？」「我只是在想他對我這一車寶貝有沒有興趣。」「天哪！要是安德魯看到你這滿滿一車的書，一定會一整星期魂不守舍的。」「爲什麼妳自己不把它買下？」「我心裡有一股異常的衝動，無法控制——我不知道是因爲這台可笑的小車實在有夠整潔，還是因爲這筆交易實在太瘋狂，或者是我根本很想自己去冒險，順便作弄安德魯。」「我不能算是文人，但是正如先前我所說的，我也是人，只要是人就會喜歡好書。」四百美元成交價談妥後，女主人公成了售書大篷車新的主人。羅傑・米福林和他的大篷車就這樣幫助海倫・麥吉爾，成就了她圍繞著書籍從報復到歷險再到收穫愛情成爲米福林太太的一段難忘的人生之旅。書頁裡伴著男女主人公一路走去，無論是豔陽下還是星空下，呼吸著鄉野清純的空氣，聽他們閒言碎語中漫不經心卻又深刻獨到的對於書的見解，我的心情舒坦得像「帕那索斯」

沿途採擷到的一片片白樺林點綴的別樣風景。

他們談起「十四行詩」。在鄉村的灶台邊烘烤了十幾年麵包的海倫．麥吉爾說：「讀十四行詩老令我打嗝。」「其實，烘培麵包跟創作十四行詩一樣，是高深莫測的藝術。」於是，麵包成了「十四行詩」，熱餅乾成了「抒情小詩」或「八行雙韻詩」，而烤麵包的過程就成了編「文集」的過程。羅傑．米福林眞是難得能把書眞正「消化」了的人。海倫．麥吉爾嫌哥哥食量大，米福林一句話就點出了要害：「要想寫出優美的散文，當然得有深厚的營養。」

途經一家農舍，見人家抱怨說花了不少錢買下的一套《葬禮演說大全》還不得空閒閱讀，米福林乾脆拋出這樣的話：「你需要買些教你如何活的書而不是教你如何死的書。」沒把書讀活的人何來如此快語！最痛快的是靜靜聽他對於自己販書使命的熱情傾訴：「這世上充斥著偉大的文學家，但是他們都自私自利而且不可一世。艾迪遜、藍恩、赫茲利特、愛默生和羅威爾——隨便你選誰——他們都把愛書的嗜好當成一種稀有而完美的秘密，只有少數人才能分享：必須坐在僻靜的書房中，點一根蠟燭與雪茄，在桌上倒一杯葡萄酒，腳邊的地毯上躺著一條獵狗，才能好好享受。我的意思是：有誰曾經到大路上與籬笆邊，挨家挨戶向老百姓兜售文學書籍？……你越深入鄉野，就會發現書籍數量變得越來越少，而品質則是越來越差勁……對於這些農夫而言，光是把書單開出來，或者是把『五呎書櫃叢書』丟給他們是不夠的；眞正的解決之道是親自登門拜訪——把書帶給他們，跟老師聊天，嚇唬那些鄉下報紙與農場雜誌的編輯，還有跟小孩子說故事——然後才能慢慢地開始讓好書在全國各地流通。我必須提醒妳，這是一份偉大的工作。妳的任務就好比把『聖杯』帶到一些位於窮鄉僻壞的農莊。我還眞希望這世上能有一千輛流動寶庫，而不是只有這輛。要不是爲了寫書，我也不會把它頂給妳：但是我之所以要把自己的想法寫成書，目的也是爲了激勵其他老鄉們。我不敢奢望國內有哪家出版社願意幫我出書。」

「聽你講話的樣子就知道你應該也會是個大作家。」「會說話的人反而不寫東西。因爲他們一直說話。」長長的一段沉默。羅傑・米福林點燃煙斗，機靈的目光注視著眼前的風景。海倫・麥吉爾握著韁繩，大白馬從容地向前邁著堅實的步子。「帕那索斯」嘎吱嘎吱發出音樂般的聲響。午後的陽光灑滿了鄉村的路。

「夏天過去了。我們已不再年輕，可我們前面還有美妙的事情在等待著我們去做。」「帕那索斯」詩意地來，詩意地去。它和它滿載的故事隨著書頁的翻動消失進遠方。然而，它留下的車轍還是頑強地打敗了冷酷時間的挑戰，把這樣清晰的領悟永遠印在了愛書人的心路上：對書的愛最終是對人性的愛，對人類的愛。眞正的愛書者註定會成爲一個不折不扣的書的佈道者。

1

高深的學問中難道就沒有連篇廢話？我很懷疑。有哪個精通對數習題以及擅長談詩論藝的人同時也是洗碗補襪的高手？至少我就從來沒有遇過。當我還有辦法讀書的時候，我也曾大量閱讀，同時我也不否認自己是個愛書的傢伙——但我也看過一些好人本來明明是務實派，卻因讀了太多好書而自毀前程。我自己閱讀十四行詩的時候，也總是嗝聲連連呢！

我從沒想過自己能寫書！但我認爲，安德魯與我的故事，還有我們的生活爲何會被書籍搞到雞犬不寧，其中種種確實令人感到好笑。從約翰·古騰堡（專家說，這傢伙的眞名其實叫做：約翰·骨頭堡）借錢來發展印刷事業的那一刻開始，這世界也同時被他弄得一團糟。

在安德魯當上作者以前，我們本來過著快樂美滿的莊園生活。早知道他的書會帶來這麼多麻煩，我一定在廚房爐灶上放一把火將草稿都燒掉。

安德魯．麥吉爾所寫的書可以說人手一本，這位大作家正是我哥哥。換言之，我是小他十歲的妹妹。多年前，安德魯曾經是個生意人，但就像許多故事書裡面所描繪的人一樣，因為健康惡化而避居鄉間，或者如他所說——投向大自然的懷抱。在這個可憐兮兮的家裡，只剩我倆相依為命。至於我，則是個混跡紐約上流社會工作兢兢業業的女家教；正當我日漸凋萎的時候，他救了我，並且用我們共有的存款買了一座農場。於是我們變成貨眞價實的農民，日出而做，日落而息。安德魯穿著工作褲與棉衫，身形也變得黝黑結實。我則是雙手脫皮起泡，到處紅一塊，青一塊，一年也看不到一次時髦的內衣廣告。廚房變成了我咬牙苦撐的戰場，我學著讓自己愛上裡面的苦差事。我們所需要研讀的「文學作品」變成了政府出版的農業報告書、醫學專利年鑑、介紹種子的手冊以及席爾斯百貨公司的購物型錄。我們訂閱《田莊生活雜誌》，而且每期都會大聲朗讀。有時候為了追求刺激，我們會閱讀《舊約聖經》中令人激動的篇章——例如令人賞心悅目的〈耶利米書〉（*Jeremiah*），安德魯特別喜歡。這樣的生活過了好一陣子以後，農場確實開始呈現興盛的景象；日落之際，安德魯總是倚著牧場圍欄抽煙斗，靠煙斗燃燒的狀況來預測天氣。

如我所說，我們的生活可以說快樂得不得了：直到有天安德魯做出那個該死的決定，打算把我們的快樂生活向世人報告，我們的生活才開始變調。很遺憾地，我必須承認他是個不折不扣的書呆子。大學時代他曾是校刊編輯，每當他對《田莊生活雜誌》感到不滿時，他就會把大學校刊的合訂本拿出來。他會朗讀一些早年由他人寫的詩作與故事，嘴巴還嘟嚷著有天也要親自下海創作。我必須承認自己壓根沒把這些話當眞，因爲當時我比較關心母雞孵蛋這碼子事，根本無心吟詩作對。當時我該機警一點才對。

菲利浦叔公死後，他那一車車的書歸我們所有。他過去是個大學教授，而且多年前當安德魯還是個小孩時，叔公非常喜歡他——事實上還供他唸完大學。因爲我們是他唯一的近親，所以這些書在某個「黃道吉日」突然出現。如果我有先見之明的話，我就會知道：我們從那天開始算是已經玩完了。安德魯一天到晚在客廳裡忙著搭建書櫃，更過分的是，還把老母雞住的地方也改成他的書房，弄了個暖爐，每晚當我睡得正香甜時，他還是泡在裡面。一開始我只知道他爲了附庸風雅而把書房取名爲「薩賓莊」①（雖然多年來大家都知道那其實只是個「鳥不拉屎，雞不生蛋」的地方）。每當他到瑞菲鎮去補貨時，都帶著一本書；有時候安德魯會晚兩個小時回家，因爲他開著那輛老爺車慢慢閒晃，人卻已一頭栽進書中世界。

當時我沒有想太多，因爲我是個神經大條的女孩子；況且，只要安德魯讓農莊維持正常運作，我就三餐無虞：早餐有湯與熱肉、蔬菜、肉餡湯糰、肉湯、黑麵包；午餐是原味與黑果口味的布丁，巧克力蛋糕與乳酪；晚餐菜單上則有鬆餅、茶、臘腸捲、黑莓、奶油與甜甜圈——多年來我總是照這菜單準備三餐，我哪有時間可以多管閒事？

後來有天早上我撞見安德魯正在包裝一個平整的大郵包。因爲他看來鬼鬼祟祟，我實在不能不問一下裡面裝了什麼東西。

---

①「薩賓莊」是古羅馬詩人何瑞思（Horacio）的莊園。

安德魯說：「我寫了一本書。」接著他把書名秀給我看：

《重返樂園》

作者：安德魯．麥吉爾

儘管如此，當時我並未感到憂心忡忡，因爲我知道根本沒有人會幫他出版。但是，我的天啊！大約一個月後，有出版社來信：居然審稿過關了！安德魯還把信裱起來掛在桌前。我在這裡要引述那封信，只是要大家知道這件事有多扯：

麥吉爾先生鈞鑒：

讀了閣下所寫《重返樂園》一書手稿後，讓我們興味盎然。無庸置疑的是，既然閣下能以這麼生動的筆調寫出鄉間生活的美妙與樂趣，那怎能不跟讀者大眾分享？雖然需要做部分刪修，但我們希望盡可能讓這本書能以原貌問世。至於插畫的部分，我們想要找托東尼先生來負責，想必你應該已經看過他

紐約聯合廣場

德瓊出版社

的部分作品，而且他如果要去拜訪你，藉此領略你筆下的鄉里風采，想必你也是很樂意的。

至於版稅方面，將以本書零售價的百分之十計算，隨函謹附合約乙份，如條件還算滿意，閣下將可直接簽約。務請相信本社之誠意。等等……

一九〇七年一月十三日

德瓊出版社　謹啓

我從此就想他那本書應該叫做《失樂園》才對。

那本書在一九〇七年的秋天出版以後，我們的生活也從此改觀。不幸的是，那本書居然成爲當季的暢銷書，許多人讚不絕口，視其爲「保持身心健康的福音書」，接下來安德魯所收到的每一封信，幾乎都是書商或者雜誌編輯的來函，希望能簽下他的第二本書。爲了與作者套交情，這些出版社到底會使出哪些陰謀詭計？說出來你可能會不相信。安德魯在《重返樂園》裡面曾提到，有些來農莊造訪的流浪漢實在動人有趣（如果我是作者，大概會加上「骯髒」這個形容詞），而且只要看起來值得收留的話，我們從不讓人吃閉門羹。結果，你知道嗎？就在那本書出版的隔年春天，一個衣衫襤褸，身上背著包包的流浪漢跑來找我們，開始和安德魯東拉西扯地聊他那本書，留宿後的隔天早上，在吃早餐時他居然宣佈自己是紐約某大出版商，這麼大費周章其實只是為了跟安德魯建立關係。

我想大家應該不難想像：在眾人如此誇張的吹捧之下，安德魯沒兩下就跩了起來。隔年他突然失蹤，只在廚房桌上留張字條，花了六個禮拜的時間遍遊全州，想在旅途中蒐集下一本書的靈感。我還花了九牛二虎之力阻止他到紐約去找編輯或者那一類傢伙。因為剪報資料不斷寄到他手中，幫玉米鬆土的正事被他丟在一邊，一心一意只看著那些資料。幸好郵差總是在上午過完一半的時候出現，那時安德魯正在田裡幹活，所以我可以搶在他之前看信。第二本書出版以後（書名叫做《樂當鄉巴佬》），出版社的信件更是如雪片般飛來，我不得不在安德魯過目前就把它們燒光——除了德瓊出版社的信件以外，因為有時候裡面附有支票。偶爾有些藝文界的人出現要訪問安德魯，結果都被我擋掉了。

但是安德魯越來越不像農夫，倒是文人的風味在他身上日漸滋長。他買了一台打字機。他會在豬圈裡徘徊思索如何形容夕陽之美，而不是在穀倉上修理那隻風向雞，以至於北風居然改從西南方吹過來。他也幾乎不再過目席爾斯百貨公司的型錄，而且自從出版社的德老闆來過我們家，建議他出一本田園詩集以後，安德魯這傢伙更是變得讓人無法忍受。

每當安德魯的文人毛病發作，必須外出流浪幾天，爲新書尋找靈感的時候，我就必須扛下農莊的工作，除了清點雞蛋以外，每天的三餐還得由我變出來。（我眞希望大家可以看一看他流浪後回家時的那副狼狽模樣：背包裡不但沒有半毛錢，甚至連一雙乾淨的襪子都沒有，每天只能在路上閒晃。有一次他從外面回來時還咳個不停，我從穀倉的另一邊就可以聽見，最後還不是要由我伺候他三個禮拜？）後來有人寫了一本小冊子，把安德魯當成「瑞菲鎭的智者」，而我則是「鄉間潑婦」，還說：「只有透過她在家中發揮的平衡作用，這位偉大的作家才能了解到家庭生活的眞實面貌。」此後我下定決心，讓安德魯自食其果。而這就是我的故事。

2

那是一個美好而清爽的秋日早晨（我敢說日期是十月一日），因爲要製作蘋果醬，我正在廚房裡爲蘋果去核。那天的午餐是烤豬肉，配菜有煮馬鈴薯以及安德魯所說的「范戴克風味棕肉汁」。當時安德魯開車到鎮上去買麵粉與飼料，沒到中午是不會回來的。

因爲當天是禮拜一，我們的洗衣工麥奈利太太到家裡來洗衣服。我記得當我正要到外面柴堆去拿幾根樺木的時候，門口傳來了一陣陣輪子的轉動聲，面前出現一匹我所見過跑得最快的白馬，而牠身後的車廂長得奇形怪狀，就像是輛貨車。一個滑稽而矮小、留著山羊紅鬍的傢伙從座椅上起身，並開口說話。我沒聽到他說些什麼，因爲我正專注看著那好笑的車廂。整個車身被漆上了淡淡的藍綠色，側邊還寫著鮮紅色的大字：

R．米福林的「帕那索斯流動寶庫」

好書求售

從莎士比亞到查爾斯．蘭恩②、勞勃．路易．史蒂文森

還有赫茲利特③跟其他人，應有盡有

車廂的下方用幾個吊勾掛著的，像是一具帳棚，同時還有燈籠、水桶以及其他一些瑣碎的物品。車廂的頂端有個突起的天窗，看起來就像是一台老式的小台車，另一個角落則豎著一根火爐的煙囪。兩邊車身後端各有一個小窗戶，還有幾級可以

---

②查爾斯．蘭恩（Charles Lamb，一七七五～一八三四）：英國散文家。

③赫茲利特（William Hazlitt，一七七八～一八三〇）：英國散文家。

登車的階梯。

當我看著這一身奇怪的行頭時，這位長著紅色毛髮的小矮子從前方下車，杵在那裡看著我。他的臉孔一方面像是笑話般讓人感到愉快，另一方面又可以看出他在飽經風霜後對世人感到的不屑，這種混合讓他變得就像喜劇人物一樣。他一臉整齊的山羊鬍是紅褐色的，身上的運動外套則已經破破爛爛了。他的頭髮也沒剩幾根。

他說：「安德魯．麥吉爾是住在這兒嗎？」

我說是。

但我又加上幾句話：「不過他一直到中午都不會在家。但時間到他就會回來了。午餐的烤豬肉正等著他呢！」

「是搭配蘋果醬嗎？」那小矮子說。

我說：「蘋果醬與棕肉汁。就是因爲這樣我才確定他會準時回家。有時候，如果午餐吃的是一些水煮的食物，他就會遲到，但如果是吃烤豬肉，就絕對不會錯過。就算是猶太神父也不能耽擱他。」

我心中突然起了疑心。

「不會吧，」我大叫：「難道你也是個出版商？你找安德魯要幹嘛？」

那小矮子說：「我只是在想他對我這一車寶貝有沒有興趣。」他邊說邊用手比了比——包括車廂跟那匹白馬。當說話的時候，他同時解下其中某個掛勾，像開蓋子一樣把車廂給打開。一道門子發出聲響後，蓋子停在上方不動，變成像是車頂，接著在我眼前出現的，除了書以外還是書：一排又一排的書。車廂的側邊就像是個大書箱。書架層層相疊，上面全擺滿了書——有新有舊。我站著看傻了，此時他從某處掏出一張印有文字的卡片，遞到我手上：

羅傑．米福林的「帕那索斯流動寶庫」

高貴的好友們，我的車上藏書無數，不論新舊。
書是人類最眞誠的朋友，滾動的馬車上要多少都有。
書的妙用無窮，有的是繆斯女神的金玉良言；
有的是關於廚藝與農田，還有熱情迷人的小說。
人人各取所需，買了就讀，你我更勝圖書館員。

作者：米福林本人是也
維吉尼亞州，芹村鎮，星工出版社

當我咯咯微笑之際，他又從「寶庫」另一側打開相似的蓋子，裡面裝的還是放滿書的一堆堆書架。

說眞格的，我這個人天生就比較實際一點。

因此我說：「嗯，我想你一定養了一匹非常結實的神駒，不然哪有辦法拖得動這些書？這車書一定比一整車煤塊還要重。」

「噢，珮格的表現非常稱職。」他說：「反正我們走路的速度不快。但請妳看看，我想要把它們全賣掉。妳覺得妳丈夫有可能買下這整車寶貝嗎？包括這座寶庫，還有我的寶馬，以及所有東西。他不是個愛書人嗎？」

「等一下！」我說：「安德魯是我哥哥，不是我丈夫，而且他不只是愛書，根本就是個書呆子。這農莊很快就會因爲書而毀於一旦了。他有一半的時間都坐在那裡神遊書中世界，活像是母雞孵蛋，馬具壞了也放著不修。天哪！要是安德魯看到你這滿滿一車的書，一定會一整星期魂不守舍的。我甚至必須半路把郵差攔截下來，在安德魯看到之前就抽掉所有出版商的書訊。我可以告訴你，因爲他現在剛好不在，所以我高興得不得了！」

我不能算是文人，但是正如先前我所說的，我也是人，只要是人就會喜歡好書，因此當我跟他說話時，眼睛也一邊瀏覽著他書架上有哪些書。他的存書確實是琳瑯滿目，應有盡有。我看到的就有詩集、散文、小說、烹飪書、青少年讀物、教科書、聖經等等……各類的書都混在一起。

那小矮子說：「嗯，請妳看這裡。」——這時候我注意到他眼中閃耀著「藏書狂」的明亮目光——「我與這車寶庫四處遊蕩已經有七年之久。從佛羅里達州到緬因州的每一吋土地都已經踏遍，而且我發現自己爲鄉下的民眾們所呈現的文學好書著實不少，絕對不亞於以前那位出過『五呎書櫃叢書』的艾略特博士④。但現在我想把

④ 十九世紀美國哈佛大學校長查爾斯・艾略特（Charles W. Eliot）博士曾負責挑選推出五十一本的「哈佛人文經典叢書」（Harvard Classics），因爲據說剛好可以放滿一整個五呎高的書櫃，所以又被稱爲「五呎書櫃叢書」。

書全賣掉，寫一本叫做《鄉間文學》的書。我要到布魯克林去投靠我哥哥，著手寫書。事實上我已經累積了一堆用來寫書的筆記。我想現在我只需要在這裡待到麥吉爾先生回家，就可以問他是否願意把我的書全買下來。所有的東西，包括馬、車與書一共賣四百元。我一直是安德魯．麥吉爾的讀者，所以才想到他對這筆交易一定有興趣。跟這流動寶庫在一起，比跟那些死小孩在一起還有趣——我原本擔任學校的老師，直到健康日益惡化。後來我開始賣書，賺的錢超過生活所需，這段時日可說是我人生的黃金歲月。」

「嗯，米福林先生，」我說：「我想自己是沒辦法阻止你留下來的，但是我只能向你說：這裡並不歡迎你和你那座陳年寶庫。」

接著我走回廚房。我心知肚明，如果安德魯看到這一車書，還有米福林先生在上面題詩的那張愚蠢卡片，一定會樂翻了。

我必須承認自己非常不高興。安德魯這傢伙就像小女孩一樣不切實際而愛幻想，老是夢想著遊歷四方。如果他看到這座流動寶庫，一定會二話不說就愛死它。而且我知道德老闆還追著要他寫新書呢！（還好我在幾週前又攔截到一封信，否則他寫《樂當鄉巴佬》那時候的流浪事件又要重演。信件送到時安德魯剛好不在家。我很懷疑信裡面到底寫了些什麼，所以我把它拆開閱讀，然後燒掉。謝天謝地！難道安德魯的工作還不夠多嗎？幹嘛讓他在路上像個傻瓜一樣閒晃，只是爲了寫一本書？）

當我在廚房工作時，我看到米福林先生倒是沒有把這兒當成別人家裡。他卸下馬具，將牠綁在圍欄上，自己在柴堆邊坐下，點起煙斗來抽。這實在讓我怒火中燒，過沒多久我就忍不住，跑出去跟那禿頭書販理論。

「喂！」我說：「你這匹孤狼還眞的把這裡當成自己的窩啦？告訴你，我不希望你繼續待在這裡。你趕快帶著那台拼裝車走。如果你能夠在我哥哥回來之前就滾蛋的話，我們這快樂家庭還不致於會因你而破碎。」

「麥吉爾小姐……」他說（去他的！這傢伙說話的樣子也眞夠惹人喜歡，特別是他有著會說話的明亮雙眼，還有那愚蠢的小鬍子），「我實在很不想失禮。如果妳趕我，我會走；但我必須挑明跟妳講：我還是會在路上等待麥吉爾先生。我來這裡是要把這一整車文化資產賣給他，而且我願意對著詩人史溫朋（Swinburne）的骨頭發誓，我認為妳哥哥是這筆交易的最佳人選。」

我被他激得熱血沸騰，我必須承認，我回話的時候並未經過大腦思考。

我說：「如果要讓安德魯買下你那台拼裝車，不如由我自己掏錢買下，我出價三百元。」

那小矮子的臉亮了起來，但他對我的提議未置可否。（其實我怕得要死：我深怕他一口答應，那麼我為了買福特汽車而存三年的錢也會在轉眼間被我揮霍一空。）

他說：「請妳過來再看一眼。」

我必須承認，羅傑．米福林先生的馬車內部眞是被他佈置得舒適服貼。車廂的兩側都往車輪的外側延伸，這樣看來雖然笨重，但是卻也打造出收納書架的多餘空間。因此內側空間的長寬大約是九英呎與五英呎。他在一邊擺了一個油爐，一張可摺疊的桌子，還有一個看來很舒適的舖位，舖位上方是類似五斗櫃的抽屜——我想是用來存放衣服與類似的東西；另外一邊則是更多的書架，一張小桌子，跟一把柳條編製成的安樂椅。他似乎能用各種方式來善用每一吋空間：無論是擺個書架，弄個掛勾，裝個碗櫥，或者其他用途。油爐上擺著一排鍋碗瓢盆，因為天窗是突起的，所以在馬車正中央可以直挺挺站著；同時還有一小扇活動窗戶可以通往前面駕駛座。整體而言，這車子非常整齊舒適。前後的窗戶都有窗簾，一張小書架上還立著一盆天竺葵。讓人愉悅的是，一隻黃棕色的愛爾蘭㹴蜷伏在床鋪的鮮亮墨西哥毛毯上。

他說：「這輛活動寶庫的售價不能低於四百元。我在它身上的兩次投資已經有售價的兩倍了。它全身上下都被打造得整潔而紮實，而一個人所需要的每樣東西，從毛毯到湯塊，車上統統有。所有東西只要花妳四百元——妳可以得到小狗、爐具以及一切，我不但給妳風帆，連風都幫妳準備好了。車子下面有掛勾掛著帳棚，還有冷藏箱（他從床鋪下方打開一扇小活門），以及一整箱煤油，還有拉里拉雜一堆東西。它就跟一艘遊艇一樣棒，只是我對它已經感到厭倦。如果怕妳哥瘋狂愛上它，妳何不先下手為強？這樣妳就可以駕著它到湖邊休假。讓他待在家裡，田裡的活也留給他幹！告訴妳，我接下來會怎麼做：我會跟妳一起上路，第一天親自為妳示範如何操作它。只要跟這台車在一起，保證妳會樂不思蜀，不想回家。同時這也能把妳老哥嚇一跳，何樂而不為？」

我心裡有一股異常的衝動，無法控制——我不知道是因爲這台可笑的小車實在有夠整潔，還是因爲這筆交易實在太瘋狂，或者是我根本很想自己去冒險，順便作弄安德魯；無論是哪個原因，我最後笑著大叫：

「好，我買了！」

我，海倫．麥吉爾，三十九歲的我做出了這個決定。

3

我心裡在想：「嗯，如果我真要出門冒險的話，動作最好快一點。安德魯在十二點半就會到家了，如果我不想跟他照面的話，最好趕快動身。我想他應該會認爲我瘋了吧！我猜他應該會來追我。嘿嘿，但他是不可能抓到我的，就是這樣！」一想到我在這農莊已經住了快十五年，我就一肚子火——是的，各位看倌，從我二十五歲就開始住這兒——而且我幾乎沒出過遠門，除了和表妹艾荻每年到波士頓去血拼一次。我想我天生就是個「管家婆」吧，我就是跟以前家裡的老奶奶一樣喜歡廚房、碗櫃還有亞麻衣櫥；但是，或許是這十月的朗朗晴空，還有那愚蠢的紅鬍小矮子，兩者都讓我興起了出走的念頭。

「喂！『寶庫先生』，」我說：「我想因爲我就是個愚蠢的胖女人，所以才會跟你買車。請你幫馬套上馬具，備妥馬車，我這就去打包衣服還有開你的支票。如果我不在安德魯身邊的話，他就可以好好『享福』囉！這樣我也有機會可以讀幾本書，這就跟上大學一樣過癮！」於是我撩起圍裙，走向屋裡。那小矮子靠在馬車一角站著，整個人好像呆掉了。我敢說他一定是嚇呆了。

我從前門進屋，令我震驚而感到諷刺的是，剛好有一本安德魯的雜誌擺在客廳桌上，封面標題是幾個紅字：「女性的反抗」。我心裡在想：「該是海倫．麥吉爾反抗的時候了。」我坐在安德魯桌前，順手撥開他爲了「神奇的秋天」而寫的筆記，草草留了以下幾行字：

親愛的安德魯：

不要認爲我瘋了。我要來一趟冒險之旅。因爲我剛剛想到：爲什麼你可以不斷出門冒險，但我卻要在家裡當個管家婆？麥奈利太太會打理你的三餐，我會從她那幾個女兒裡面挑一個過來做家事。所以請勿擔心，我只是暫時不在家

（或許就一個月吧），我總得去見識一下你說的「樂當鄉巴佬」是怎麼一回事。這就是雜誌裡面所說的「女性的反抗」。如果你需要比較厚的內衣，客房的杉木櫃裡面有。

海倫

我把字條留在他桌上。

麥奈利太太正在洗衣間彎腰洗衣，我只能看到她那彎曲的寬闊背部，聽見她用力搓揉衣服的聲音悉悉嗦嗦。我叫她一聲她才站起來。

「麥奈利太太，」我說：「我要出去溜躂幾天。妳最好把洗衣服的工作留到下午，先幫安德魯準備午餐。他大約十二點半就會回來了，現在是十點半。請妳轉告他，就說我要去拜訪蝗蟲農場的柯林斯太太。」

麥奈利太太是個頭腦簡單，四肢發達的瑞典大娘。她用不標準的英文說：「好的，麥吉爾姑娘。那妳肥來粗晚餐嗎？」

我說：「不，我有一個月的時間會不在，出門旅行去啦！我不在的時候，希望妳每天把蘿絲帶過來做家事。妳可以和麥吉爾先生商量一下怎麼分配工作。我現在要趕著出門囉。」老實的麥奈利太太，那雙眼就像哥本哈根的瓷器一樣湛藍，她一臉困惑地看著窗外的流動寶庫，還有正在幫珮格套上車轅的米福林先生。我看她很認眞地要去了解馬車側邊上的符號——最後還是放棄了。

一臉茫然的她對我說：「妳要駕車啊？」

「對啦。」我說，然後就跑上樓去了。

我總是把銀行存摺放在五斗櫃最上方抽屜的一個糖果盒裡。我存錢的速度實在不快。我從父親的遺產裡面可以有一點小小的收入，但那是由安德魯在管理的。農場上的所有開銷由安德魯支應，但是家用則由我給付。靠著販賣雞鴨，把果醬賣到波士頓，還有偶爾寄一些食譜給婦女雜誌刊登，攢下來的零碎收入還算過得去；但是一般而言，我每個月所存的錢不超過十元。過去五年以來，我存的錢差不多有六百元。我希望能存錢買一台福特汽車，但是現在對我來講，擁有一台流動寶庫可比一台福特汽車來得有趣多了！四百塊可不是一筆小錢，但我想到的是：如果安德魯回家後把它買下，那後果眞是不堪設想。因爲他會一直在外頭晃到感恩節才回家！

但如果是我自己買下的話，我可以駕著它出去冒險，然後找個地方把它賣掉，這樣一來安德魯也就沒有機會看到它。我可是吃了秤砣鐵了心，決定要用這劑猛藥來整治這位「瑞菲鎮的智者」。

在瑞菲全國銀行的戶頭裡，我的結存是六百一十五元兩角，我坐在臥室那張用來算帳的桌前，開了一張指定給羅傑·米福林的支票，並且在金額後面寫了很多花體字，這樣就沒有人可以把支票金額改成四十萬元；然後我拿出老舊的藤製手提箱，放了一些衣服進去。做這些事花了我不到十分鐘。下樓後我看到麥奈利太太一副賊眉賊眼的樣子，從廚房門口盯著流動寶庫。

她問我：「麥吉爾姑娘，妳素要坐那輛……那輛『公車』粗遠門嗎？」

我愉悅地說：「是啊，麥奈利太太。」她的用字倒是給了我靈感，於是我說：「妳沒聽說付費公車剛剛問世嗎？這就是其中一種，我要搭乘它去車站。別擔心我，我要去渡假。妳要準備麥吉爾先生的午餐，餐後再跟他說客廳裡有張紙條是給他的。」

困惑不已的麥奈利太太說：「偶結得那輛公車眞奇怪。」我認爲這個笨女人懷疑我要跟人私奔。

我拿著手提箱出門走向寶庫。珮格在車前靜靜站著。車內傳來霹哩啪啦的幹活聲。沒多久那小矮子衝出來，手裡拿著一只鼓鼓的旅行包，一頂花呢帽斜戴在他後腦。

「哈哈哈！」他得意洋洋地大叫，接著道出心中的感觸：「我個人所有的財物衣裳等等都已打包完畢，其他的東西則都已經賣出去。當我手拿這包包踏上火車時，就已經是自由之身啦！布魯克林，我來也！只有老天爺才知道，能回到城裡讓我有多高興！我以前住在布魯克林，但已有十年沒回去了。」

我一邊遞支票一邊跟他說：「支票在這兒。」他的臉微微漲紅，非常不好意思地看著我。他說：「嘿，希望這對妳來講不是一筆吃虧的交易。我不想佔女士的便宜。如果妳認爲妳哥哥……」

我說：「本來我想要買一台福特汽車，但是跟底特律生產的任何一輛低價汽車相較，你這輛拼裝車的日常開銷似乎比較少。主要的原因是：我不想讓安德魯得到這部車。你開張收據給我，我們這就上路，以免碰到安德魯。」

他收下支票，不發一語，把那只鼓鼓的旅行包放在駕駛座上，然後走進車廂。沒多久他又走出來，原來他拿一張題詩的卡片在背面寫著：

茲收到麥吉爾小姐總數四百元美金，車況堪稱一流的「帕那索斯流動寶庫」則轉至其名下，於一九××年十月三日這天，銀貨兩訖。

立據人：羅傑．米福林

我說：「告訴我，你這輛……喔不，『我』這輛寶庫是否眞的包含我可能需要的一切東西？裡面存有食物之類的東西嗎？」

他說：「我正要告訴你。在爐子上方櫥櫃裡，妳會發現裡面有一堆用品——不過我自己大部分都是在旅途上的農舍用餐。和人們在一起的時候，我會大聲唸書給他們聽，他們也不介意免費給我一頓溫飽。讓人訝異的是：鄉間的老百姓對於書籍的了解怎會這麼少？他們聽到好書的時候，怎會這麼高興？想當初在賓州藍開斯特郡的時候……」

十一點快到了，我急著上路。眼看他正要打開話匣子，我趕快打斷故事：「嗯，那馬的狀況怎樣？」

「最好能補充一些燕麥，我的存貨快被牠吃光了。」

我到馬廄裡去準備一袋燕麥，米福林先生告訴我應該把袋子掛在車廂下的什麼地方。然後我又到廚房裡弄了一大籃食物，以備不時之需：一打蛋、一罐培根肉片、奶油、乳酪、煉乳、茶、餅乾、果醬還有兩條麵包。米福林先生把東西搬上車，麥奈利太太簡直看傻眼了。

她說：「偶結得妳這趟野餐眞奇怪！妳要往哪裡去啊？麥吉爾先生會去找妳嗎？」

我堅稱：「不，他不會來。是我自己去渡假。妳只要幫他準備午餐就好，其他的事情等到吃完飯他自己會去煩惱。告訴他，我要去拜訪柯林斯太太。」

我從小階梯登上寶庫，因爲意識到它是屬於我的而感到興奮激動。床鋪上的小狗跳下地板，搖尾巴向我示好。我把自己的被單棉被堆在床上，拉出床鋪上方的抽屜，放進一些私人的隨身物品。我們隨時都可以上路了。

「紅鬍仔」已經手持轠繩坐正，我爬到他身旁位置。前座很寬闊但沒有坐墊，座位剛好隱身在車廂頂端。我很快地向這楓樹、榆樹下舒適的房子投以最後一瞥，看到那紅色的大穀倉還有葡萄藤架下的灑水唧筒在陽光下閃耀著。我向不發一語，但是滿臉驚訝的麥奈利太太揮手道別。珮格用力踏步移動，寶庫也隨之搖擺通過農莊大門。我們踏上了瑞菲鎮的道路。

米福林把轠繩交給我，一邊說：「喏，妳是主人，最好由妳來駕車。要往哪裡去？」

當我意識到冒險之旅正式展開的時候，呼吸不禁急促了起來！

4

當農莊從我們視線範圍消失時，剛好也到了一條叉路，一邊的路通往華頓鎮，會先通過一條跨河橋樑；另一邊則是前往綠棘鎮跟維格港。如果走通往華頓鎮的路，大概一哩之後就會到柯林斯太太家，因爲我常常去拜訪她，所以我猜安德魯很可能會去她那兒找我。所以，當我們通過樹叢之後，我選擇右邊那條前往綠棘鎮的路。我們踏上一段通過黑果丘的上坡路，當我聞到初秋的樹葉氣味時，忍不住發出咯咯輕笑。

米福林先生似乎是被一陣欣喜沖昏了頭，興致非常高昂。他說：「這眞是了不起。天啊，我佩服妳的勇氣，妳認爲麥吉爾先生會追過來嗎？」

我說：「不知道耶，但無論如何不會馬上追過來。他已經習慣我的生活模式，我認爲他一定會等到發現字條才起疑心。眞不知道麥奈利太太會加什麼油，添什麼醋！」

「要不要留些假線索給他？」他對我說。「把妳的手帕給我。」

我給了他。他以敏捷的身手跳下車，從山丘往回跑（儘管這矮子頭髮不多，身手倒是不錯），故意把手帕丟在通往華頓鎮的那條路上，離叉路路口一百呎遠的地方。然後他又回到斜坡與我會合。

「嘿嘿。」他邊說邊笑，像個賊眉賊眼的孩子：「這樣就可以唬弄他了。瑞菲鎮的智者一定會被假線索誤導，我們這兩個逃犯會贏在起跑點上。但是，像寶庫這種奇特的交通工具應該不難找吧？」

我說：「告訴我，你如何經營這生意？眞的有賺頭嗎？」我們停在山丘頂端讓珮格喘口氣，小狗趴在地上看我們，一臉嚴肅。米福林先生掏出煙斗，問他是否可以抽煙。

「我投入這門生意的過程說來也眞好笑。」他說：「我本是馬里蘭州的一個學校老師。當時我在一間鄉下學校埋頭苦幹已經很多年了，薪水卻吃不飽，餓不死。我努力想要養活體弱多病的老母，同時也希望能攢一點錢以備不時之需。我還記得，當時我只希望能夠不要穿破破爛爛的套裝，每天還可以擦皮鞋——但並不知是否能如願。後來我的健康開始惡化，醫生希望我能多呼吸新鮮空氣。沒多久我就想到要開一家流動書店。我一直是愛書的人，而且以前我到農家去寄宿搭伙的時候，也曾爲他們大聲朗讀書籍。母親死後，我打造這輛車，藉此實現夢想，我從巴爾的摩的一家二手書店批了一堆書，然後就開始做生意了。這寶庫可以說是救了我一命吧。」

他把那頂褪色的帽子往後推，重新點燃了煙斗。我用韁繩輕拍珮格，馬車慢慢走過山丘頂端，眼看著就要通過一片牧地。遠方的牛鈴在灌木叢間叮咚叮咚，斜坡的另一邊通往瑞菲鎮，我彷彿可以看到安德魯搖搖擺擺地開車回家，滿腦子想的都是他喜愛的烤豬肉佐蘋果醬；而我，則在這裡要開始做人生的第一件荒唐事，心中甚至沒有一絲不安。

「麥吉爾小姐，」小矮子說：「過去七年以來，我把這間可移動的房子當作我的老婆、醫生與上帝。一個月以前，我連作夢都想不到自己會離開它；但是，想改變的念頭就這樣浮現——多年來我一直想寫一本書，但是沒有一張穩固的書桌可以讓雙肘擱著，沒有一間房屋當作棲身之所，我是寫不出來的。雖然聽來很傻，但是我想回布魯克林都快想瘋了。我們兄弟倆曾在那裡度過童年。讓我歷歷在目的是黃昏時走過老布魯克林橋的情景，還有那矗立在暮色中的曼哈頓高樓！還有海軍港裡停泊的老舊灰色巡洋艦！妳不知道，把東西賣光的念頭讓我心癢難搔。我曾賣掉許多本妳哥哥的書，而且我也常常在想：如果有一天我厭倦了這種生活，妳哥哥會是接手寶庫的頭號人選。」

「他確實是，」我說：「再也沒有第二個人可以接手。不過這對我們恐怕也非好事：他一定會整天窩在車裡，農場的事則被忘得一乾二淨。不過還是請你跟我說說有關賣書的事情。你賣書能有多少利潤？不久後我們就會經過梅森太太的農場了，或許我們可以試著賣東西給她，就當是我的第一筆生意。」

「簡單的很，」他說：「每次經過規模較大的城鎮，我都會補貨。鎮上一定會有二手書店，妳可以在那兒批一些零散的書本。偶爾我也會寫信給紐約市的批發商。

每當我買了一本書，總是會在書後寫上購入價，這樣就可以知道自己至少要賣多少錢，妳看。」

他從座椅後面抽出一本書——《蘿娜·杜恩》⑤——要我注意書本後面用鉛筆寫下了a與m兩個字母做記號。

「那表示我是用十分的價錢購入這本書。所以，如果妳能以二角五分的價錢把它賣出，那利潤是不錯的。這座寶庫每週的開銷大概是四塊錢：一般來講還不到四塊。如果妳每週在禮拜六之前就可以有那麼多利潤，那麼星期天根本不用做生意。」

我問他：「你怎麼知道a與m代表十分錢？」

「我使用的密碼是manuscript（手稿）。每個字母都對應著從零到九的某個數字，了解嗎？」他隨手在紙片上寫給我看：

m a n u s c r i p t

0 1 2 3 4 5 6 7 8 9

「現在妳懂了吧？a與m兩個字母代表10，a與n代表12，n與s代表24，a與

c代表15，a與兩個m則代表一百分，也就是一塊錢，依此類推。我的規矩是，不會花費超過五十分錢的成本去買一本書，因爲鄉下的百姓也不會拿出那麼多錢去買一本書。他們會花很多錢去購買打穀機或者馬車篷頂，但是從來沒人告訴他們要多讀幾本文學作品！但令人訝異的是，如果你賣的書對味，就可以看到他們有多興奮。維格港那裡還有個農夫在等我回去呢！我去過那兒三四次，如果我了解他的需求，他花的書錢可以高達五元左右。第一次我經過的時候，我賣他《金銀島》，到現在他還會跟我聊這本書。我賣《魯賓遜漂流記》給他，《小婦人》則是要給他女兒讀的，其他還有《頑童歷險記》，以及格魯柏寫的《馬鈴薯百科》。上次我去的時候他要買幾本莎士比亞的書，但是我不賣，因爲我認爲他的程度還不夠。」

我開始見識到這小矮子的工作態度帶有幾分理想主義色彩，我想他應該認爲自己是爲了某種使命而四處兜售書籍吧！同時他也是個健談的人，從他炯炯有神的雙

---

⑤《蘿娜．杜恩》（*Lorna Doone*）：英國小說家布來克摩爾（Richard D. Blackmore）在一八六九年發表的小說作品。

眼，看得出他正要打開話匣子。

「我的老天！」他說：「當我們賣書給別人的時候，賣出去的可不只是十二盎司的紙、墨水跟黏膠——而是一個嶄新的生命。書裡面有愛情、友誼與幽默，還有夜裡在海上航行的船隻：一本眞正的書裡面其實包羅了天地萬象。啊！如果我是個麵包師傅、屠夫或者賣掃把的小販，大家可能會跑到門邊把我攔下，因爲等著要跟我買貨。但是，如果我兜售的貨品是一種『永恆的拯救之道』——是的，我的小姐，等著被拯救的是他們那渺小而幼稚的心靈——我還眞說不清楚那是什麼鬼東西。但這也是這份工作有價值之處：從緬因州的拿撒拉市到華盛頓州的瓦拉瓦拉市，只有我一個人在做這門生意。這是個新的領域，但是我願意對著詩人惠特曼（Whitman）的骨頭發誓，我保證這是個值得開發的領域。因爲正符合這國家的需求：更多的書！」

講到語氣激昂之處，他自己也笑了。「妳知道嗎？說來好笑。就連書商，那些專門出版書籍的傢伙也看不出我對他們的貢獻。他們有些人不願意讓我賒帳，只因爲我是按照書籍的實際『價值』來賣書，而不是按照他們標上去的『價格』。他們寫信要求我維持『價格』，我則回信要求他們維持『品格』。我說：如果你們肯出版好書，我就幫你賣個好價錢！有時候我甚至認爲，這世界上最不了解書的人就是書商！不過，我想那也是理所當然啦！又有哪個學校老師眞的了解小孩了？」

他繼續說：「最棒的是，我過的生活還眞他媽的有趣！暖暖的夏日裡，珮格、薄克（就是那隻小狗）跟我可以在路上閒晃，有時候我們可以找路邊的民宿住下，所有的投宿客都在走廊上吃午飯，他們大部分都無聊得要死，沒有東西可以讀，也閒著沒事，只能看著蒼蠅在日光下嗡嗡飛舞，還有雞群在地上磨磨蹭蹭。告訴妳，我要做的第一件事就是賣幾本書給他們，讓他們了解何爲人生的眞愛，如此一來，這輛寶庫也不會那麼快就被他們遺忘。以歐．亨利⑥爲例子，有哪個傢伙眞的像行屍走肉，不喜歡讀他的故事？不說妳也知道，他是個了解生命的人，而且他還可以用曲折離奇的方式把生命的故事化爲文字。我曾有天晚上爲大家朗讀歐．亨利跟偉

---

⑥歐．亨利（O. Henry，一八六二～一九一〇）：美國短篇小說家。

基·柯林斯⑦的作品，結果他們的書不但被搶購一空，還有許多人因爲買不到而吵吵鬧鬧。」

「那你在冬天都做些什麼事？」我問他——這是一個很實際的問題，其實我的問題大多很實際。

「不一定，那要看我在哪裡遇到惡劣的天氣。」米福林先生回答：「有兩年的冬季我人在南方，所以整季都忙著四處兜售。不然的話，我走到哪裡就停在哪裡。如果有需要的話，幫珮格找個窩，再幫自己尋份差事，其實並不難。去年冬天我在波士頓的一家書店工作。前年冬天，我在賓州鄉下的一家藥房做事。再往前一年，我的工作是當一群小男孩的英國文學老師。更前面一年，我在一艘輪船上當管家。這樣妳就知道我是怎麼過日子的：我的歷練五花八門。我自己的體悟是：一個愛書的男人還不至於走到餓死的地步。但是今年冬天我計劃去布魯克林找我哥哥，然後整天泡在書堆裡。天啊，這件事我可是想了又想！在夏日的漫長午後，我曾就這樣坐在寶庫上，任由珮格在泥土地上慢慢踱步，想到我的頭快爆炸。妳可以了解，我的想法是：鄉間的老百姓並沒有機會擁有一本書，也沒有人向他們解說一本書的意義何在。大學校長手上的文學名著，隨便拿一部份出來就可以堆滿一個五呎高的書架；書商拿出來做廣告的油布印刷經典叢書，隨便也可以列出好幾套——但是這些人需要的是優質、樸實而誠懇的讀物，眞正能讓人刻骨銘心的東西，讓他們大笑顫抖，讓他們覺得，沒放在機器裡的玉米粒憑空變成爆米花這件事跟一本好書相較，也是微不足道的小事！他們需要的是，那種可以爲日常生活帶來動力的事物，讓他們有心情去清理壁爐與劈柴，去把盤子洗完、晾乾並且擺好的事物。如果哪個人能幫助鄉下老百姓去閱讀有價值的書，那他才是眞正在幫助這個國家。而這就是這輛文化寶庫希望做到的事情……妳對這種高談闊論應該已經麻木了吧！瑞菲鎮的智者也曾這樣嗎？」

我說：「他只是不會這樣跟我講罷了。他認識我的時間太久，以至於早就把我當成烤麵包與做蛋糕的機器了，不過我是有生命的機器。我猜他並不認爲我有多懂文學，但是他會毫無保留地把自己吸收的知識都告訴我。梅森家的農場快到了，我

⑦偉基・柯林斯（Wilkie Collins，一八二四～一八八九）：英國早期偵探小說家之一。

想我們最好能賣幾本書給他們，不是嗎？就當作是試賣也好。」

我們轉進那條通往梅森家農場的小路。薄克在前方小步跑著——牠的腳步一刻也不停歇，尾巴輕輕搖擺著——牠先跟一頭獒犬打招呼，而梅森太太正坐在門廊上幫馬鈴薯去皮，並一一放在鍋裡。她是一個體態豐滿的大塊頭女人，那宜人的棕色雙眼就像牛眼似的。

她用充滿活力的嗓音大叫：「唉呀，是什麼風把麥吉爾小姐吹來啦？很高興見到妳，近來可好？」

她沒有看清楚寶庫上的字，只當它是一般小販的貨車。

「嗯，梅森太太。」我說：「我已經開始做圖書生意，這位是米福林先生，他的貨都被我買下了，我們打算賣幾本書給妳。」

她大笑：「得了吧，海倫。妳騙不了我的！去年我曾經向書商買了一套二十冊叫做《世上最偉大葬禮講詞》的叢書，山姆和我到現在都還沒讀完第一冊哩！還眞是難懂！」

米福林跳下車，打開側邊的車蓋。梅森太太也靠過來，我很高興看到這小矮子吸引顧客目光的手法。顯然賣書對他而言就像吃肉喝酒一樣容易。

他說：「太太。我們不能抹殺《葬禮講詞》應有的價值，（我想封面是用喪服的麻布料做的吧？）但是麥吉爾小姐跟我要賣給妳的，才是眞正有價值的書，我希望妳能注意看一下。冬天馬上就來了，如果沒有一些比較來勁的東西，如何度過漫漫長夜？如果能買個一兩本好書的話，妳家中正在成長的小孩子一定會受益良多。我看到門廊上不是擺了一本小女孩看的童話故事書嗎？如果買一本有關發明的故事書，那妳的小男孩也不至於從穀倉的閣樓跳下而摔斷脖子。還是要幫妳丈夫買一本有關鋪路工程的書？這裡一定有合妳用的書籍，我想麥吉爾小姐比較了解妳的喜好。」

這紅鬍小矮子眞是天生就有業務員的本事。他到底怎麼猜到梅森先生是我們鎮上道路委員會的成員？我想這只有老天爺知道。或許只是走狗屎運罷了。此時全家大部分成員都已經聚集在車廂旁邊，我看到本來待在穀倉的梅森先生也來了，身邊還跟著十二歲大的比利。

梅森太太大喊：「山姆，麥吉爾小姐改行當書商囉，她身邊還帶著一個幫腔的傢伙哩。」

「嗨，麥吉爾小姐。」梅森先生說。他是個動作緩慢的大塊頭，非常穩重而結實。他問我：「安德魯呢？」

「安德魯正要回家享用他的烤豬肉跟蘋果醬。」我說：「我則是要外出靠賣書賺錢，米福林先生正在教我。我們這裡剛好有一本關於修路的書是你需要的。」

我看到梅森夫婦倆對看一眼。顯然他們認爲我瘋了。我開始懷疑我們是不是不應該從我的熟人下手。我的處境眞是有點尷尬。

米福林先生跳出來解救我。

他對梅森先生說：「先生，可別大驚小怪，我並沒有綁架麥吉爾小姐！」（畢竟他的塊頭只有我的一半，這麼說實在很好笑。）「我們正打算促銷她哥哥的書，幫他多賺點錢哩。事實上，我們跟他打賭，說我們在萬聖節之前一定可以幫他賣掉五十本《樂當鄉巴佬》。我相信像您這樣賭性堅強的人一定可以幫我們買個一本。安德魯．麥吉爾有可能是本州最棒的作家喔，每一位州民都該買他的書。」

梅森先生幾乎笑了出來：「聽來挺合理的。艾瑪，妳覺得怎樣？我們是不是最好買個一兩本？妳也知道《葬禮講詞》……」艾瑪說：「嗯，你知道我們一直說應該買一本安德魯・麥吉爾的書來看，但就是不知道要去哪裡買。賣《葬禮講詞》給我們的那傢伙似乎也不知道他寫了哪些書。我說呢，你們倆最好留在這裡吃午餐，順便告訴我們該買些啥。我正打算要把馬鈴薯放進烤爐裡。」

我必須招認：我的確很希望坐下來吃一頓不是由我自己煮的菜，這對我實在太有吸引力了，而且我很想知道梅森太太如何打理家務。但我更怕如果在這裡耽誤太久的話，安德魯有可能會追上來，因此我打算告辭，表示我們不便久留。但顯然米福林先生現在滿腦子想的都是要跟剛認識的人分享他的哲學。我聽到他說：「梅森太太，您眞是太慷慨了，我們很樂意留下來。不知道能否讓珮格在穀倉裡待一會？然後我們可以慢慢聊書。」令我自己也感到訝異的是，我居然插話表示贊同。

米福林在餐桌上的表現的確比平常還棒。如果我不是那麼注意傾聽那矮小流浪漢的談話，梅森太太那帶有小蘇打味的熱餅乾應該會更好吃。用餐時梅森先生抱怨他的電話壞了（難道他本來想打電話給安德魯嗎？我猜他大概有點害怕我是跟人私奔逃家吧！）但是小矮子的活潑風趣很快就讓他把這件事拋在腦後了。沒有什麼事可以難倒米福林的：他可以跟老奶奶討論拼布，甚至說他可以割一段領帶下來讓她拿去補東西，而且還大談他車上所有關於拼布的圖鑑。他和梅森太太討論廚藝與聖經，而身爲綠棘鎮主日學校台柱的梅森太太，聽到他把《舊約聖經》當成偵探故事集的時候，她的反應居然是震驚之餘又帶有一點愉悅。跟梅森先生他則是高談闊論科學化耕種、化學肥料、碎石鋪路以及輪作等話題。跟坐在身邊的小比利，他可以聊丹尼爾·布恩、大衛·克羅、基德·卡森以及水牛比爾等西部英雄的冒險故事。老實說，這小矮子讓我感到很驚訝。他就跟一隻壁爐上的蟋蟀一樣和善，但是他的誠懇卻又常常能深入人心。對於他賣書的業績，我不會有任何懷疑。我猜這傢伙連衣服的別針以及巴黎吊襪帶都賣得出去，而且還可以把它們描繪得充滿浪漫風味。

他說：「梅森先生，您也知道，您實在應該爲家裡的小朋友們添購一些眞正的好書。城裡的小孩有圖書館可以去，鄉下的孩子卻只能閱讀霍斯鐵特老醫生的《萬用年鑑》，或者只能看那些有背痛毛病的女士在信裡面描述百露納藥水如何治癒她們。送幾本好書給你的兒女，你將幫他們找到快樂的捷徑。你不用一天到晚送洋娃娃給你女兒，把閣樓都塞爆了。只要一本《小婦人》，保證她一定可以了解小女孩怎樣度過眞正的童年，長大後又要怎樣才能成爲一個淑女。」

「孩子的爹，這話有理。」梅森太太表示贊同。（她同時轉頭對米福林說：「教授，繼續吃，菜都涼囉。」）她對旅行書販的一席話可以說是言聽計從，而且還從她所知的有限字彙裡，找一個最尊貴的來稱呼他。「原因在於，在我還是個小女孩時，就已經讀過這故事，到現在我還記得。我覺得，讀這本書對桃樂絲的好處更勝於《葬禮講詞》。我想教授是對的：我們家裡應該擺更多書。說來實在丟臉，有個大作家就住在我們隔壁農莊，但我們卻沒有多讀兩本書。你說是吧？」

所以當梅森太太端出南瓜派的時候（我承認，派是挺好吃的，但是製作酥皮點心不需要那麼大的手勁），這一家人對書已經興致勃勃了，當下的氣氛充滿了文藝氣息，即使是艾略特博士在場也不會感到絲毫不自在。梅森太太打開起居室，我們一邊坐著，一邊聆聽米福林朗讀〈復仇〉以及〈茂黛．慕勒〉。⑧

---

⑧〈復仇〉（*The Revenge*）以及〈茂黛．慕勒〉（*Maud Muller*）都是十九世紀美國詩人約翰．格林里．惠提爾（John Greenleaf Whittier）的作品。

「喔，這詩聽起來多美妙！」梅森太太說：「韻腳如此順暢，讓人驚訝，幾乎就像是渾然天成！讓我想起以前在學校讀詩的日子，以及那首叫做〈艾斯佩魯斯殘骸〉的美妙詩作。」此時的她眞可以用「爲賦新詞強說愁」來形容。

我看到米福林先生好像說上癮了：他開始跟孩子們講羅賓漢的故事，但是我沒忘記該向他眨眼示意——如果我們再不上路的話，安德魯可眞要追上來了。當米福林在幫珮格套上車轅的時候，我拿出七八本可能符合梅森一家需求的書。梅森先生堅持要買一本《樂當鄉巴佬》，然後給了我一張皺皺的五元鈔票，還叫我不必找錢了。他說：「這一席話可比農莊大會有趣多了。麥吉爾小姐，請妳一定要再來；我會跟安德魯說妳這輛『流動劇院』的表演有多精采！還有你，教授！如果你在鋪路季節裡經過的話，希望你能來坐坐並且給我更多建議。現在我得回田裡幹活去了。」

薄克跳下車廂，我們漫步通過農莊前的小路。米福林塡滿煙斗，暗自竊笑了幾聲。我因爲怕安德魯追上，所以有點擔心。

我說：「奇怪，山姆．梅森怎麼沒有打電話給安德魯？像我這種農場老手怎會出現在他面前兜售書籍？當時他一定覺得很奇怪。」

「當時他第一個念頭就是要去打電話。」米福林說：「但妳知道嗎？我把電話線剪斷啦！」

5

臉上滿是驚訝的我看著這乾瘦的矮子。原來像他這種友善的理想主義者居然也有我先前並未發現的面貌！原來他除了是個溫和的愛書人以外，顯然還有滿腦子的大膽詭計。我第一次感覺到自己不得不說：眞是佩服他。所有的自尊矜持都被我拋到九霄雲外，而我在知道他有伶俐的急智以後，也高興極了。

我說：「喂，你挺酷的！還好你沒有一直蹲在教師的職位上，不然學生早就被你帶壞了！還有，到你這年紀也可能還在教學生使壞呢！」

我的玩笑怕是開得太過火了。聽到我提起他的年紀，他臉上一陣泛紅，接著用力吸了幾口煙。

他反駁我：「妳到底覺得我幾歲？我只有四十一歲，我可以對著詩人拜倫的骨頭發誓！英王亨利八世迎娶第二任妻子安妮．波樂茵（Anne Boleyn）的時候也才四十一歲而已。即使是年過四十，還是可以在歷史上找到許多案例，讓自己覺得來日方長。記得我說的話，因為有一天妳也會年過四十。」

接著他用更幽默的口吻說：「莎士比亞在四十一歲還完成了《李爾王》呢！」然後哈哈大笑，「我還想編輯一套『麻醉經典叢書』哩，專門出版一些作者在四十歲以後完成的作品。到了四十歲，有哪個醫生還願意在你身上浪費麻醉劑？這種事跟看醫生不就是一樣的道理嗎？醫生帶我們走過多病的童年，但等到我們身體強健而且懂得人情事故的智慧，不用再付錢給他以後，為什麼就再也不理我們？天啊！我應該把這些記下，寫到我的書裡面。」

他拿出一本筆記簿，用他那小巧整齊的筆跡寫下「麻醉經典叢書」幾個字。

此時我心裡有點後悔，覺得自己真不該冒犯他。我說：「嗯，那要看你用什麼方式計算，其實我早覺得自己已經四十歲了，所以反而可以坦然面對。」

他用一種非常滑稽的表情看著我。

「我親愛的女士，」他說：「妳的年紀應該是剛好十八歲才對。我想，如果我們可以擺脫那位瑞菲鎮智者的魔爪，妳眞正的人生才剛要開始呢。」

「安德魯也不是什麼壞人啦。」我說：「他只是心不在焉，脾氣不好，然後又有點自私。出版商使出各種手段巴結他，雖然他已經被寵壞了，但我認爲在文藝人士裡面，他算是挺有人情味的。他讓我不必繼續當家教，這功勞必須算在他頭上。我只希望他能夠不要把三餐當成理所當然，而漠視我的貢獻……」

米福林說：「最不可思議的是，他居然眞的下筆成章。我眞羨慕。妳可別把我的話告訴他啊！但他的散文眞可以媲美梭羅（Thoreau）。妳有看過貓兒怎樣穿越濕漉漉的大街嗎？他描述事實的時候，那文字風格就像貓一樣優雅。」

「那你該看看他的吃相。」我心裡這樣想，或者說這念頭我本來只打算在腦袋裡轉一轉就好，但沒想到這念頭居然脫口而出。我發現自己在這奇怪的小矮子身邊居然藏不住話。

他看著我。我第一次注意到他有一雙藍灰色的眼睛，眼角那些好笑的魚尾紋則好像是鳥兒走過留下的足跡。

他說：「是這樣嗎？我倒是沒想過。要想寫出優美的散文，當然得有深厚的營養。妳的觀點很棒……但是難道梭羅就不用自己煮飯嗎？我想他如果是童子軍的話，應該會被封爲野炊高手吧？⑨還是他把櫸木果公司的培根肉帶到森林裡？還有，是誰幫史蒂文生煮飯，褓母卡咪⑩嗎？《兒童詩園》其實是一座廚房花園，不是嗎？恐怕妳過去似乎都沉浸在柴米油鹽裡面。眞高興妳能夠擺脫廚房。」

他講的話越來越複雜，我實在不太懂。我只能重述我記得的大意，或許不太準確。後來我大概說了這樣一句話：「我不當家教已經很久了，所以剛剛那一句話只是有感而發，自然不能引經據典。」

「有感而發？」他重複我的話：「我的天啊，小姐，感覺是這世上最不平凡的事物。我認爲自己並不了解自己的感覺。而根據妳的說法，妳哥哥應該也是這樣。小

⑨ 梭羅曾在人煙罕至的湖邊生活兩年，過著隱居生活，就好像童子軍必須到野外去露營一般。

⑩ 卡咪（Cummy）是《金銀島》作者史蒂文生對童年褓母艾莉森．卡寧漢（Alison Cunningham）的暱稱。《兒童詩園》（*Child's Garden of Verses*）一書就是史蒂文生獻給卡咪的一本書。

狗薄克就懂啦。妳看牠在路上跑步的樣子，還有牠如何觀察景色，如何心無旁騖的樣子。我到現在還沒看過牠吵鬧打架。眞希望我自己的表現能與牠看齊。牠的名字來自於薄伽丘（Boccaccio），藉此提醒我自己能找一天讀讀《十日談》（*Decameron*）。」

我說：「聽你講話的樣子就知道你應該也會是個大作家。」

「會說話的人反而不寫東西。因爲他們一直說話。」他回答。

接下來我們沉默許久。米福林重新點上他的煙斗，用伶俐的雙眼觀賞路上景色。我輕輕握住韁繩，珮格則以穩定的步伐喀嗒喀嗒走著。寶庫像在奏樂似的發出嘎吱聲響，此時下午已過一半，一大片陽光灑在路上。我們經過另一家農莊，但是我並未建議停下，因爲我覺得是該趕路了。米福林似乎若有所思，而有點不安的我也開始想：這趟冒險的結局會是什麼？這古怪而老練的小矮子讓人感到有點跼促不安。我可以看到山脊的另一頭是綠棘鎭教堂上的尖塔，白得閃閃發亮。

「這鄉下地方你熟嗎？」我終於開口。

「我不熟悉這裡。」他說：「我以前常常去維格港，但是當時我走的是長島海峽沿岸的路線。我想，前方的村落是綠棘鎭吧？」

「是的，」我說：「從那裡到維格港一共是十三英哩路。你打算怎麼回布魯克林呢？」

「喔，布魯克林？」他含含糊糊地說：「對啊，我差點忘記自己要回布魯克林了。我正在想寫書的事情。妳問這做啥呢？我猜我會搭火車到布魯克林。比較麻煩的是，如果要回布魯克林的話，就一定得穿過整個紐約。我想一定要這樣才算回到紐約吧？」

一陣沉默之後，他總算又開口了：「綠棘鎮跟維格港之間還有城鎮嗎？」

我說：「有，薛比鎮，離綠棘鎮大概五英哩路。」

「我想妳今晚最遠也只能走到那兒吧？」他說：「我會護送妳到薛比鎮，然後搭火車前往維格港。我希望薛比鎮有間舒適的旅店可以讓妳過夜。」

我也希望如此。但是我的熱情已經隨著下午即將結束而有所減退了，只不過我不希望讓他看出來。我在想：安德魯正在想些什麼？麥奈利太太能不能把一切都安排妥當？她就跟大部分的瑞典人一樣，工作時必須有人盯著，否則就會丟三落四。而且我也不期待她女兒蘿絲的工作效率有多高。真不知道安德魯每餐會吃到一些什麼東西？雖然我已經提醒他要換季，他也有可能會繼續穿著夏季內衣。還有，那些雞怎麼辦……

此時我的心境好像凱撒，已經越過了盧比孔河，如今已無退路。

讓我感到訝異的是，紅鬍小矮子察覺到我的焦慮。他溫和地說：「妳不要替智者擔心啦。哪個有版稅可抽的人會餓死？我可以對著約翰．莫瑞⑪的骨頭發誓，如果有必要的話，他的出版商甚至會派個廚子給他！別忘了妳可是要去度假呢！」

經過他一番加油打氣以後，我們緩緩走下坡，綠棘鎮就在前方。

我認為我跟一般老鄉們一樣刻苦耐勞，但是一想到前方有許多熟人在綠棘鎮等著我，我必須承認自己有點卻步。如果他們看到我變成一個流動書攤的老闆，身邊又跟著一個文學販子，心裡會怎麼想？而且我還想到，如果安德魯正在追趕我們，那我最好不要現身。所以，跟米福林先生說出我的想法之後，我就躲進寶庫裡，然後以最舒服的姿勢躺在床上。狗兒薄克跑過來窩在我身邊，而當我們從斜坡上緩步往下走的時候，我的身心因為休息而感到舒暢無比。陽光從地平線照射著廚爐上的錫製平底鍋。到處都掛著作者的肖像，而且我發現有一張泛黃的剪報釘在牆上。報紙的標題是：「**文學書販開設詩歌講座**。」我把報導從頭讀到尾。顯然「教授」（我開始這樣叫他，因爲這個貼切的外號在我腦中揮之不去。）曾在紐澤西的坎登市演講，當時他主張但尼生（Tennyson）是比惠特曼更優秀的詩人；而「坎登詩人」的支持者們則猛烈還擊，整晚熱鬧不已。惠特曼在坎登有一位大弟子叫做特勞貝爾⑫，而米福林先生也主張：「但尼生還不是有一堆特勞貝爾追隨他？」此語一出，台下立刻陷入一片混亂。「教授」眞是個荒謬的傢伙啊——當我這樣想的時候，正舒服躺在床上，被輪子搖得昏昏欲睡。

綠棘鎭是個零零落落的小鎭，位於一片公有的草地上。米福林告訴我，他在每個城鎭落腳時，一般都把流動寶庫停在主要的商店或旅館前，只要有一小群人聚集，他就會把車廂的蓋子拉起來，一邊分發名片，一邊大肆宣傳好書的價值。我躲

---

⑪ 約翰・莫瑞（John Murray）是英國的約翰・莫瑞出版社的創辦人，小說家珍・奧斯丁（Jane Austen）與生物學家達爾文（Charles Darwin）的書都是由這家出版社出版。

⑫ 惠特曼晚年寄居在紐澤西的坎登。何瑞斯・特勞貝爾（Traubel）是坎登當地的人，少年時期即結識惠特曼，後來並且爲他寫下篇幅長達九冊的傳記。

在車裡，但是從外面傳來的聲音聽起來，也知道他在做些什麼。我們停了下來，我聽到外面有越來越多人正低聲議論或者笑著，兩面車廂蓋打開時則發出咔嗒咔嗒的聲音。米福林的聲音高昂，略帶鼻音，在發名片的同時還能講話取悅大家。薄克顯然已經習慣這些例行工作，因爲牠雖然一聽到教授說話的聲音就開始輕搖尾巴，但是始終都乖乖趴在我身邊打盹，毫不做聲。

「我的朋友們，」米福林說：「還記得林肯總統說過有關狗兒的笑話嗎？如果我們說尾巴是腳，那一隻狗有幾隻腳？如果你說五隻的話，林肯會跟你說：你答錯了。因爲，就算你把尾巴的名稱改爲腳，它還是尾巴。我們有許多人就跟狗尾巴一樣：不是光靠嘴巴動一動就有資格自稱爲人。如果連一本好書都沒有看過的話，那這地球上沒有任何生物有資格說自己是人。如果一個人每晚只是在店裡啜飲著香檳美酒，那他有何資格體會仁慈造物主的旨意？如果一個人可以在他的書架上放幾本好書，那不但妻子會高興，小孩也很受用，他自己則會成爲一個更好的公民。您的意下如何呢，牧師大人？」

我聽見坎恩牧師低沉的聲音，這位衛理公會的傳教士大叫：「你說的是千眞萬確，教授！跟我們多說一點有關書的事情吧，我同意你的說法。」坎恩先生顯然很喜歡寶庫的外觀，而且我甚至可以聽見他從書架上抽書的時候，甚至還在喃喃自語呢。如果他知道我正在車裡面，會不會大吃一驚？因爲牢記著先前的警告，我特別檢查後面的門閂是否鬆脫了，而且還拉上窗簾。然後我又爬回床鋪。我開始胡思亂想：如果安德魯趕到現場，那情景不知道會有多荒謬？

我聽到教授說：「你們已經見識過各種小販、生意人與雜貨商，他們賣的東西從掃帚到香蕉都有。但是多常有人會來這裡賣書？鎮上已經有一間圖書館，但是我敢說有些書是老鄉們應該要擁有的：從聖經到食譜，應有盡有。有道是：書中自有黃金屋。往前靠近書架，自己挑選吧！」

我聽到牧師在架上找到書並且詢價，我想他把書買下了；車外兩側嘰哩咕嚕的講話聲好像會催眠似的，雖然我對外面發生的事情很有興趣，但恐怕我最後還是睡著了。我一定累翻了——總之，當車子再度啓程的時候，我根本不知道。教授告訴我，他在駕駛座上透過小窗戶看到我睡得正香。再度恢復知覺的時候，是我從睡夢中驚醒，發現自己正在黑暗中緩緩搖晃著。薄克仍躺在我腳邊，車廂下方掛著的水桶因為偶爾與其他東西撞擊而發出微弱、像音樂般的鏗鏘聲響。教授正坐在前頭，點燃的燈籠則高掛在車廂頂端。他正在哼一首怪歌給自己聽，重複唱著奇怪而沒有抑揚頓挫的句子：

船難就發生在索芙碧羅莎近海上，
所以我決定沿岸邊遊蕩，
探訪鄉間風光。
湯米罵得霹哩吧啦跌在地上，
湯米把我罵得霹哩吧啦，
所以我決定沿岸邊遊蕩，
探訪鄉間風光！

我從床上跳下來，小腿撞到東西，大叫了一聲。此時寶庫停下來，教授打開駕駛座後方的活動窗戶。

10550

台北市南京東路四段25號10樓之1

網路與書股份有限公司台灣分公司 收

廣告回信
台灣北區郵政管理局登記證
北台字第15343號

地址：
市　鄉／鎮　路　段　巷　弄　號　樓
縣　市／區　街

（請寫郵遞區號）

Net and Books 網路與書

讀者服務卡

謝謝您購買本書！

如果您願意收到網路與書最新書訊及特惠電子報：

一 請直接上網路與書網站 www.netandbooks.com 加入會員，免去郵寄的麻煩！

一 如果您不方便上網，請填寫下表，亦可不定期收到網路與書書訊及特價優惠！
請郵寄或傳眞 +886-2-2545-2951。

一 如果您已是網路與書會員，除了變更會員資料外，即不需回函。

一 讀者服務專線：0800-322220；email: help@netandbooks.com

姓名：____________________ **性別**：□男 □女

出生日期：_____年_____月_____日 **聯絡電話**：____________________

E-mail：____________________

您所購買的書名：____________________

從何處得知本書：1.□書店 2.□網路 3.□網路與書電子報 4.□報紙 5.□雜誌
6.□電視 7.□他人推薦 8.□廣播 9.□其他

您對本書的評價：
(請填代號 1.非常滿意 2.滿意 3.普通 4.不滿意 5.非常不滿意)
書名______ 內容______ 封面設計______ 版面編排______ 紙張質感______

對我們的建議：____________________

____

____

____

「天啊，」我說：「光陰似箭，現在到底幾點啦？」

「我想應該快到吃晚餐的時間了。剛剛我在跟那些老鄉收錢的時候，妳一定是睡著了。我差不多幫妳賺了三塊錢。我們這就在路邊暫停，然後吃點東西。」

他指揮珮格往路邊靠，然後教我如何點燃那盞在天窗下方搖晃的吊燈。他說：「如果用爐子的話，豈不糟蹋了這美妙的夜晚？讓我撿拾一些燃柴，我們就在外面煮飯吧！妳拿出那一籃食物，我負責生火。」他卸下珮格身上的馬具，把牠栓在一棵樹旁邊，掛了一袋飼料在牠脖子上。接著他到處檢拾細小的樹枝，沒多久就把火生起來了。他用平底煎鍋在我眼前變出培根與炒蛋，然後從床鋪下的冷藏箱提出一桶水，開始泡茶——一切都在五分鐘內搞定。

我從來沒有享用過這麼棒的野餐！那是個無風的完美秋夜，天氣冷若冰霜，天色一片寂靜黑暗，一輪新月掛在天上，那細瘦的彎勾看來像是有人把拇指的指甲屑丟在那裡。我們享用著炒蛋與培根，茶與煉乳讓它們更好入口，同時還搭配麵包與果醬。那一小堆讓人感到舒適的營火發出青色火光，我們圍在火堆兩邊坐著，薄克則把煎鍋舔得一乾二淨，在一旁啃著麵包皮。

「麥吉爾小姐，這是你自己做的麵包？」他問。

「是的，」我說：「我那天還算了一下呢——過去十五年來，我每年烘培四百條以上的麵包。所以總計已經超過六千條了。這事蹟倒是可以寫在我的墓碑上。」

紅鬍仔說：「烘培麵包跟創作十四行詩一樣，是高深莫測的藝術。還有妳的熱餅乾，它們好比是較短的抒情詩，我想也許是八行雙韻的那種吧。這樣子合併起來妳不就可以出一本詩集了？還是妳比較喜歡《聖詩選集》這個書名？」

我說：「酵母是酵母，西邊是西邊。⑬」我對自己的急智感到非常驚訝。過去五年來，我還沒有跟安德魯講過這樣的話呢。

「看不出妳還眞是熟讀吉卜林的作品哩。」他說。

「喔，是啊。哪個女家教不熟？」

「妳在哪裡教書？那是什麼時候的事情？」

「我在紐約教書，教一個有錢股票經紀人家裡的三個孩子，我還常常帶他們去中央公園散步呢！」

「妳有沒有去過布魯克林？」他突然問我。

「沒去過。」我回答。

「啊！」他說：「那眞是美中不足。紐約就像是巴比倫城一樣；但是布魯克林才是眞正的聖城。⑭紐約是一座忌妒之城，人們只懂得在辦公室裡拼命幹活；而布魯克林這個地區才能夠讓人感受到眞正的家庭與快樂。這眞是一件令人驚訝的事：那些可憐的紐約客明明因爲俗事而不勝其擾，居然還敢看不起這塊人人安居愛家的布魯克林低地？事實上，這地方才是他們的靈魂所渴求的寶地，只是自己不知道而已。百老匯（Broadway）：妳看看這地名多麼具有象徵意義？一條通往毀滅的『寬闊大道』。布魯克林的道路儘管狹窄，但卻能帶我們走向心滿意足的天國之城。中

---

⑬這句話是模仿英國諾貝爾獎作家吉卜林（Rudyard Kipling）所說的：「東邊是東邊，西邊是西邊。」因爲「酵母」（yeast）跟「東邊」（east）諧音，所以表示麥吉爾小姐多少展現了一點諷刺的急智。

⑭米福林這段談話或許會讓讀者有點困擾：難道他把紐約跟布魯克林當成兩個不同的城市？確實如此——布魯克林在一八九八年併入紐約市之前，一直是個獨立的城市，隸屬於紐約州。這本書完成於一九一七年，布魯克林才剛剛併入紐約二十年。

央公園：去了妳就知道——它是一切事物的中心，但卻被禁閉在一道道驕傲的圍牆裡面。景觀公園（Prospect Park）不知道好多少倍——它可以讓我們站在謙卑的山丘上，眺望美景！紐約客之所以看不到希望，是因爲他們對自己的滔天大罪感到榮耀；而布魯克林則有一種謙卑的智慧。」

「所以你是認爲：如果我曾在布魯克林當家教的話，就會對一切感到心滿意足，也不至於跟安德魯生活在一起，然後還烤了那六千條被你當成詩集的麵包，以及數量較少，像餅乾一樣的短詩。是這樣嗎？」

但是這位思想敏捷的教授已經跳到其他論點，完全不理會我的反擊。

他也承認：「布魯克林當然是個破爛襤褸的地方，這是千眞萬確的。」不過他繼續說：「但是對我而言，它象徵著一種心靈的狀態，而紐約則只代表著財富的狀態。妳也知道我曾在布魯克林度過童年，到現在我還爲此感到榮耀無比。當我回到那兒開始寫書的時候，就會像尼布甲尼撒王⑮離開草地，開始喝茶吃餅一樣快樂。我打算把這本書叫做《鄉間文學》，但是這書名太爛了。爲了寫書，我還做了一些筆記呢！我這就唸給妳聽。」

如果真要聽他高談闊論，恐怕我會忍不住呵欠連連。事實上我很想睡覺，況且外面也越來越冷了。

我說：「你先告訴我，我們到底在哪裡，還有現在已經幾點了？」

他掏出一只懷錶，說：「現在已經九點了，我估計我們距離薛比鎮還有兩哩路。也許我們該繼續趕路了。綠棘鎮的人告訴我，薛比鎮的『中央大飯店』是個投宿的好地方。所以我才沒有急著要趕往飯店——這該死的飯店聽起來還真有紐約的味道。」

他把廚具收回寶庫，幫珮格套上馬具，把薄克套在車廂尾端。然後他堅持把在綠棘鎮收到的那兩塊八毛錢給我。我實在太想睡覺，所以也沒有跟他爭，反正錢本來就是歸我的。馬車在黑暗無聲的路上緩步前行，穿過左右兩排松樹。我想他當時一定滔滔不絕地講述著自己橫越十幾州鄉間的「天路歷程」，但是（老實講）我在座椅的另一端已經睡著了，直到他在薛比鎮的飯店前面停下我才醒來。儘管飯店的名

---

⑮ 尼布甲尼撒王（Nebuchadnezzar）：古代巴比倫王，曾兩度入侵耶路撒冷。

字很響亮，但卻是一間平凡而毫不起眼的鄉間旅店。我讓他先去安頓馬車以及動物們過夜的地方，自己則去訂房間。當我從服務人員手上拿到鑰匙的時候，他也走進這破破爛爛大廳裡。

我說：「米福林先生，明早我還會看到你嗎？」

他說：「我打算今晚趕往維格港，但是因爲人家告訴我這段路足足有八英哩遠，所以我猜我會在外面湊合一晚吧。我想我會到吸煙室去推銷一些好書。明天我們再道別吧。」

我的房間相當舒適而潔淨。我把行李箱拿上去，洗了一個熱水澡。當我正要睡著的時候，我聽到樓下傳來一陣吵嚷的聲音，裡面夾雜著男人的笑聲。我們這位「朝聖者」又在傳教囉！

6

隔天早上我起床的時候，一度感到混淆不清。這間有著紅藍碎布毛毯與整套綠色瓷器衛浴設備的空房讓我覺得非常奇怪。我聽到外面大廳有時鐘報時的聲音。我心裡想：「天啊！我睡過頭兩個小時了。那安德魯的早餐吃了些什麼呢？」接著我跑到窗邊，看到院子裡停放著藍色的寶庫，上面漆有醒目的紅字。我馬上回過神來。我隱身在窗簾後偷看教授，他手裡拿著一桶油漆，正在把自己的名字從車廂側邊塗掉，顯然是想要把我的名字換上去。這倒是我沒有想到的。不過，這件事如果交給我來做，應該會做得一樣好吧。

我馬上換好衣服，把東西收進包包，匆匆趕下樓吃早餐。那張長桌幾乎是空著的，但是有一兩個男的坐在另一頭，以好奇的眼神看著我。透過窗戶，我可以看到自己的名字被教授用大紅字寫在一邊車廂上，他正勤快地揮動著他的刷子。當我把咖啡、豆子與培根吃完時，我注意到一件有趣的事情：教授把那句有關莎士比亞、查爾斯．蘭恩等人的標語去掉，換上新的字眼。那標語現在變成：

海倫．麥吉爾的「帕那索斯流動寶庫」

好書出售
食譜我最在行
詳情請內洽

顯然他並不相信我有多熟悉古典文學。

我在櫃台付了帳單，同時也注意到該幫馬兒與馬車支付過夜的錢。然後我漫步走到馬廄前的院子，看到米福林先生正滿意地看著自己徒手完成的作品。他在紅字的部分又上了一層亮漆，這些字正在晨光中閃閃發亮。

「早安。」我說。

他也向我問好。

「妳看！」他大叫：「這下子寶庫就完全屬於妳了！它可以帶妳到世界的每一個角落！而且我又幫妳多賺了一點錢。昨晚我賣了幾本書。我說服旅店主人為吸煙室的書架添購幾本歐・亨利的書，並且把《華鐸夫食譜》賣給廚娘。我的天！妳說她的咖啡有多難喝？希望食譜能改進她的廚藝。」

他遞給我兩張爛兮兮的紙鈔以及一把零錢。我以莊重的神情把東西接過來，放進皮包裡。生意還眞不錯——不到二十四小時就賺了超過十塊錢。

「這座寶庫好像是金礦呢。」我說。

「妳想妳會往哪個方向走？」他問我。

我回答：「嗯，因爲我知道你想去維格港，所以我不如朝那方向走，可以載你一程。」

「太好了。我就希望妳這樣回答我。他們說維格港的車要到中午才會離開，如果要我在這裡待一整個早上但是卻沒有書可以賣，那還不如殺了我。等到我上火車之後，就沒關係了。」

薄克被綁在院子的一個角落，就在旅館的側門邊。我跑過去把牠解開，而教授則替珮格套上馬具。當我彎腰解開牠項圈上的鍊子時，我聽到有人講電話的聲音。旅店大廳就在我頭部上方不遠處，而窗戶正開著。

「你說什麼？」

「……」

「麥吉爾？是的，先生。昨晚住進來的，她目前還在這兒。」

我沒有留下來聽更多的談話內容。把薄克解開後，我急著去跟米福林講這件事。他的雙眼一亮。

他輕聲笑著說：「智者顯然正在追查我們的下落。好，那我們就走吧。即使他趕上我們，我想他也不能做些什麼。」

旅館職員從窗口叫我：「麥吉爾小姐，妳哥哥在電話上，他想跟妳講話。」

我一邊回答，一邊爬上駕駛座：「告訴他我很忙。」這樣回話實在不太得體，但是一來我感染到這清晨的熱切氣氛而興奮不已，二來我滿腦子想要展開冒險之旅，也由不得我想出一個更好的答案。米福林發出咯咯的聲音指揮珮格，我們就上路了。

從薛比鎮到維格港的途中必須穿越寬闊的山丘坡道，這坡道一路通往長島海峽；而山丘下方，從我們左手邊則可以看到山谷裡有一條閃爍發亮的河流。這景觀眞是完美無暇：樹木是一片古銅色與金色；雪白的雲朵就好像剛剛洗過似的，高掛天際；暖暖的太陽好像在一片藍澄澄的空中游泳，景象壯觀無比。我的精神非常振奮。我心裡在想，這輩子第一次可以感受到安德魯在流浪時的感覺。爲什麼我以前沒能體會這種滋味？難道那烘培麵包的技巧眞的有那麼深不可測，以致於讓我忘記，這驕陽藍天以及林中的清風，其實也是人生該去體會的奧妙？我們通過了路邊一棟白色的農舍。我們看到一位農夫坐在門邊一條原木上，他正在削一根棍子，一邊抽著煙斗。透過廚房的窗戶我可以看到一個女人正在用黑蠟擦拭爐子。我眞想大叫：「喔，妳這笨女人！離開妳的爐子，妳的鍋碗瓢盆，即使是休息一天也好！出門看看藍天驕陽，還有遠方的河流！」當我們經過的時候，那農夫一臉茫然地看著寶庫，而我則在這時候想起自己擔負著推廣文學的重責大任。米福林端坐著，將一隻腳放在他那只鼓鼓的旅行包上，看著樹頂隨著涼風搖曳。他似乎深深陷入清晨的冥思中。我丟下韁繩，和農夫攀談。

「早安，朋友。」

他語氣堅定地說：「您早，女士。」

「我是賣書的。」我說：「不知道你有沒有需要什麼書？」

他說：「謝了，小姐。但是去年我才買了一堆書，而且到今年都還沒讀過哩。有個推銷員賣給我一整套《葬禮講詞大全》，月付一元。現在就算死亡的場景再怎麼喧鬧，我想我都有辦法當個誠摯的至哀者吧？」

「你需要的是一些教你如何生活的書，而不是如何死亡。」我說：「你老婆呢？如果有好書的話，她不想看嗎？或者是幫孩子們買些童話書？」

他說：「上蒼保佑，我沒有老婆。我從來不是個大膽的人。而且我想我暫時只會把憂鬱的事情當成我的樂趣，例如那些葬禮演講者所說的話。」

「好吧。等一等！」我大喊：「我剛好有你需要的書。」我曾仔細檢視書架上有哪些書，而且我記得有一本書叫做《單身漢幻想曲》。我走下車，把車廂蓋打開

（因為是第一次自己做這件事，所以有點激動），把書給找出來。我看到封面背後有米福林整齊寫下的n與m暗號。

「喏，這本書我只賣你三十分錢就好。」我說。

他很客氣地說：「謝謝妳的好意，小姐。但老實說我不知道買這本書要幹什麼。我正在看一本有關斑點蟲與菌害的政府報告，看煩了我就讀一點葬禮講詞來調劑一下，實際上我就只打算閱讀這兩樣東西。維格港這邊的人都是這樣讀書的。」

我看到他說的是真心話，所以就爬回駕駛座。廚房裡面那個女人從窗戶探頭偷窺，滿臉訝異，我本想跟她說幾句話的，但我還是決定繼續趕路，不要浪費時間了。我和農夫都禮貌性地向對方致意後，寶庫才又慢慢向前移動。

那天清晨非常宜人，一來我不想多話，二來我看教授一副在沉思的模樣，所以索性不開口。但是當珮格慢步走上一個緩坡時，他突然從口袋裡掏出一本書，開始大聲唸了起來。我正看著河流，並未轉身，但是細心聽著：

雲翻風嘯，日如金輪——藍天為帳棚，四季循環不息，空中萬點金星——

這一切確實是個充滿韻律的神秘整體。當我們爲自己的小事而汲汲營營的時候，同時得留心那偉大的計畫正到處留下痕跡：那計畫是一道循環不已的古老規律，無人能擋，無始無盡；透過這規律，我們可以看出死亡其實只是另一個生命的序曲，而生命則注定走向下一次的死亡。這一切有何動機，有何道理？我們人類即使彈精竭慮也想不透，就像一隻狗就算想破頭也搞不清楚主人的心思。他只能看到主人的行徑——無論是善行或惡行——然後搖搖尾巴。但是對牠而言，主人的行動永遠是無法理解的。這道理一樣也能用在我們身上。

因此，兄弟們，我們爲何不懷著輕鬆的心情踏上生命旅程？當我們還能看能聽的時候，讓我們驚嘆樹葉爲我們帶來眼前一片古銅色，還有怒濤拍岸的聲響。把自己當學童吧！面對這世上無法言喻的大自然之美，你大可以誠實表達自己的驚訝。在自然之母的眼前，讓我們都乖乖當個學童吧！

「喜歡嗎？」他問。

「聽起來有點沉重，」我說：「但是寫得非常好。這兩段話的字裡行間可沒有把烤麵包當成神秘的謎題！」

他的表情看來相當茫然。

「知道這是誰寫的嗎？」他問。

我大膽試著回想以前當家教時所熟知的文學作品。

我無力地說：「我放棄了。是卡萊爾⑯嗎？」

「是安德魯．麥吉爾。」他說：「他寫過許多談論宇宙大道理的作品，已經快要可以在教科書中看到了，這只是其中一篇。這傢伙寫得還眞不賴。」

我開始感到不安，唯恐他出題考驗我的文學造詣，所以沒有搭腔，只是催促珮格緩緩往前走。說老實話，讓我比較好奇的是教授打算寫的那本書，而不是安德魯的書。我一直刻意不去讀安德魯的東西，因爲我覺得那一定很無聊。

教授說：「我呢，可沒有辦法寫出這種氣勢宏偉的文字。我一直有個很糟糕的

---

⑯ 湯瑪士．卡萊爾（Thomas Carlyle，一七九五～一八八一）：來自蘇格蘭的英國歷史學家、散文作家。

問題：我總覺得，如果要我寫一本爛書，還不如讓我去讀一本好書；還有，因爲我拉里拉雜讀了一堆書，所以我腦袋裡回響著一堆優秀作家的話語。但是，我現在所掛念的這本書，的確値得寫出來，因爲我認爲它所傳達的訊息是與眾不同的。」

他若有所思地凝視遙望著陽光燦爛的山谷。我則瞥見遠方長島海峽正閃耀著光芒。教授頭上那頂褪色的花呢帽往一邊耳朵斜掛著，而他那一撮稀疏的短鬍子則在陽光下閃爍著紅色亮光。我因爲被他的情緒感染也保持著沉默。他似乎很高興可以跟人談一談那本珍貴的書。

「這世上充斥著偉大的文學家，」他說：「但是他們都自私自利而且不可一世。艾迪遜（Addison）、藍恩、赫茲利特、愛默生（Emerson）和羅威爾（Lowell）——隨便你選誰——他們都把愛書的嗜好當成一種稀有而完美的秘密，只有少數人才能分享：必須坐在僻靜的書房中，點一根蠟燭與雪茄，在桌上倒一杯葡萄酒，腳邊的地毯上躺著一條獵狗，才能好好享受。我的意思是：有誰曾經到大路上與籬笆邊，挨家挨戶向老百姓兜售文學書籍？或者如別人所說的，讓他們打從心坎裡愛上文學，這又有誰做得到？你越深入鄉野，就會發現書籍數量變得越來越少，而品質則是越來越差勁。我可以對著猶太祭司班・艾澤拉（Ben Ezra）的骨骸發誓，在我開著這台車到處『做案』的這麼多年來，除了聖經以及我自己賣出去的書以外，我還沒有在任何農莊裡看過一本好書。那些主管文化教育的大官們到底教老百姓看哪些書呢？對於這些農夫而言，光是把書單開出來，或者是把『五呎書櫃叢書』丟給他們是不夠的；眞正的解決之道是親自登門拜訪——把書帶給他們，跟老師聊天，嚇唬那些鄉下報紙與農場雜誌的編輯，還有跟小孩子說故事——然後才能慢慢的開始讓好書在全國各地流通。我必須提醒妳，這是一份偉大的工作。妳的任務就好比把『聖杯』帶到一些位於窮鄉僻壤的農莊。我還眞希望這世上能有一千輛流動寶庫，而不是只有這輛。要不是爲了寫書，我也不會把它頂給妳；但是我之所以要把自己的想法寫成書，目的也是爲了激勵其他老鄉們。我不敢奢望國內有哪家出版社願意幫我出書。」

「你可以試試看德先生。」我說：「他對安德魯一直很好。」

他一邊大叫，一邊揮舞著雄辯家的手勢：「有誰能想像，如果哪個有錢人可以出資打造一百多輛這種貨車，把車開到鄉間去兜售文學書籍，那該有多好？而且，只要開始上軌道，這也會是一門賺錢的生意。是的，我可以對著韋伯斯特的骨骸發誓！有一次我到紐約的飯店去參加書商聚會時，我在會上向大家宣傳這構想。他們都笑我。但是我寧願用這輛寶庫把書搬來搬去，也不願花五十年的時間坐在書店裡，或者是教書、傳道。這工作有趣多了。當我們可以在這種路上漫步前行的時候，才有辦法體會人生的美味。看看今天的太陽與天空，以及銀白色的雲朵。雖然我最愛的還是下雨天。過去我會把車停在路邊，在珮格身上披一塊膠毯，我則一邊和薄克蜷縮在車廂裡，一邊抽煙讀書。我會大聲向薄克朗讀：我們曾一起看完《海軍軍官伊席》（*Midshipman Easy*），還有不少莎翁名作。他是一隻很愛讀書的狗。我們曾在這輛寶庫中目睹一些奇怪的經驗。」

從薛比鎮到維格港的這條丘陵路可以說人煙罕至，因爲大部分的農莊都位於下面的山谷。如果我早有先見之明的話，我們就該走那條長一點而且比較多人的路，但事實上我很享受眼前的遼闊美景以及在陽光下閃耀著白光的荒涼道路。我們快樂地漫步著。我們又停在一間房子前，米福林覺得他可以在這施展三吋不爛之舌。他跟那位潑婦一樣的老處女說：在姪子、姪女來訪時，如果妳能唸故事給他們聽，那不是很棒嗎？結果他就這樣賣出一本《格林童話》，我感到開心極了。

他把那髒髒的二十五分錢交給我，同時咯咯笑著說：「我的天！就算是那本書裡也找不到像她那麼恐怖的人。」

又走沒有多久，我們停在路邊讓珮格喝泉水，我則提議吃午餐。我在薛比鎮買了一些麵包與乳酪，再加上一點果醬就變成很好吃的三明治。當我們靠在圍籬邊的時候，有一台開往維格港的公共汽車從身旁慢慢駛過。它走了一小段路就停下來，然後又繼續上路。我看到一個熟悉的身形朝著我們往回走。

「現在我的麻煩大了。」我對教授說：「安德魯來啦！」

7

安德魯削瘦的程度一如我的臃腫，而衣服「掛在」他身上的那樣子眞是好笑。他長得很高，走路拖拖拉拉，滿臉未經整理的鬍子，頭戴一頂寬牛仔帽，而且令人訝異的是：到了秋天他還患有嚴重的花粉熱（事實上，我覺得那篇以「花粉熱」爲題材的文章是他最棒的作品）。當他從路的另一頭大步走來時，我注意到他腳踝邊的褲管因爲風吹而飄動著。微風將他下巴的鬍子吹得往後倒捲，怒氣使他看來臉色鐵青。我不禁覺得好笑，因爲他的模樣還眞逗。

米福林低聲說：「智者看起來活像是蕭伯納。」

我一直篤信「先下手爲強」的道理。

「早啊，安德魯。」我精神充沛地招呼他。「想要買幾本書嗎？」我讓珮格停下來，而安德魯在輪子前面停了一會兒——一小部分原因是為了喘口氣，主要還是因為他滿腔怒火。

「妳到底在搞什麼鬼，海倫？」他生氣地說：「妳害我從昨天開始就一直趕路，還有，這傢伙是誰？這跟妳一起乘著馬車的傢伙。」

我說：「安德魯，你眞沒禮貌。讓我為你介紹米福林先生。我剛剛買下他的馬車，趁機放假、賣書。米福林先生正要去維格港搭火車前往布魯克林。」

安德魯瞪著教授，不發一語。我可以從他那淡藍色眼珠中的怒火看出他快氣炸了，而且我怕這情況在風波平息之前還會變得更糟糕。安德魯是一個難得生氣的人，不過一旦被激怒了，就會變得很難搞。我對於教授的火爆脾氣已經略知一二了。而且我過去有些關於安德魯的談話，恐怕已經使教授對他產生了偏見——姑且不說他的文章寫得有多好，他無論如何都是我的哥哥。

接著開口的是米福林。他把那頂好笑的小帽子拿了下來，那光禿禿的頭顱看起來就像一顆蛋。我注意到他頭頂有水滴圍成的圓圈，就像是仙人留下的足跡。

米福林說：「親愛的先生，這整件事看起來有點不尋常，不過我可以簡要地陳述一些事實。你妹妹買下了我這輛馬車與車上所有東西，而且我也把自己那一套關於推銷好書的理論都傳授給她了。您是一位文人雅士……」

安德魯根本就不鳥我們這位「教授」，而我看到米福林的灰黃臉頰居然慢慢開始變紅。

「聽著，海倫！」安德魯說：「妳覺得我有可能放任自己的妹妹跟著一個居無定所的流氓到全國各地去流浪嗎？可不可以請妳清醒一點——還有，妳也不想想自己的年紀跟體重！我昨天回家後看到妳留下那張可笑的字條。我去找柯林斯太太，但是她完全狀況外。我還去了梅森先生的農場，發現他正在納悶是誰剪斷他的電話線。我想是妳幹的吧。他看到妳這輛貨車，因此我才能追上來。我的老天爺，我還沒有看過哪個四十歲的女人會被流浪漢拐走！」

米福林正要開口時，我揮手叫他退後。

我說：「聽我說！你說得太快了。難道你就不能客氣一點？我可是一個曾經烤過六千條麵包而且全部奉獻給你的四十歲女人——還有，我根本還不到四十歲。當你這傢伙想要離家流浪或者做其他事情的時候，可曾猶豫過？你指望我待在家裡的養雞場當一隻老母雞。我可以對著蘇珊・安東妮⑰的靈魂發誓，我不幹！這是我十五年來第一次放假，這次我一定會讓自己遂心如意。」

安德魯本來打算說話，但是我揮舞拳頭勸他閉嘴。

「我和米福林先生用四百塊錢完成這筆流動寶庫的交易，童叟無欺。相當於一千三百打雞蛋的價錢。」（米福林賣書的時候，我在一旁算出了這個數字。）

「錢是我的，我想怎麼用就怎麼用。安德魯・麥吉爾，現在我告訴你：如果你想買書，可以直接跟我議價，否則我就要走人啦，我回家的時候你自然就會見到我。」我從一邊車廂的袋子裡拿出一張米福林的小卡片，把卡片交給他，並且把韁繩收攏。我眞的很生氣，因爲安德魯的一席話實在太不講理，也太侮辱人。

他看了一眼卡片，把它撕成兩半。他望向寶庫的車廂一側，上頭鮮紅色的字還是濕的。

---

⑰蘇珊・安東妮（Susan B. Anthony，一八二〇～一九〇六）：美國女權運動先驅。

「說眞的，妳一定是瘋了。」他說，接著突然開始狂打噴嚏——我猜他的花粉熱暫時還無法痊癒，因爲草原上仍然有秋麒麟草。他不斷咳嗽跟打噴嚏，這讓他更生氣了。最後他轉頭去看那坐在一旁的米福林：他因爲脫帽而露出了禿頭，臉上的紅潮也還沒退去，不過那雙眼睛明亮依舊。安德魯把他從頭到腳打量了一番：他穿著一件破破爛爛的運動外套，一本筆記本把口袋撐得鼓鼓的，腳邊還放了一只塞滿東西的旅行袋，安德魯甚至還看到他寫的那本《樂當鄉巴佬》掉到地上，不過書封剛好朝向地面。

安德魯說：「你給我仔細聽著！我不知道你使了什麼鬼把戲，居然我妹妹拐來，跟你一起駕著這台書車亂跑，但是我知道：如果你騙了她的錢，我一定會告死你。」

我試著插話表達抗議，但是事情已經一發不可收拾。現在教授跟安德魯一樣生氣。

「我可以對著皮爾斯農夫⑱的骨骸發誓，」他說：「本來我以爲會遇到一個文人雅士，還有這本書的作者，」他舉起手上的《樂當鄉巴佬》，「但是看來我是錯了。

告訴你，先生，如果一個人會在陌生人面前侮辱自己的妹妹，就像你剛剛所做的事一樣，那他只配被當作一個蠢蛋與癟三。」他把書丟到圍籬的另一邊，而且在我還來不及開口說話以前，他已經翻越另一邊的馬車輪，繞過車廂跑到前面來了。

他氣得吹鬍子瞪眼睛，說：「先生，請你注意聽了。你妹妹已經成年了，而且她的一切作爲都出於自己的自由意志。我可以對著施洗者聖約翰的骨骸發誓，如果你一直都是這樣對待她，那就難怪她想要放假了。先生，我跟她兩人毫無瓜葛，但是現在我希望能教你一些道理。把手放好，準備聆聽教誨吧！」

我已經受不了了。我記得當時我尖叫一聲，然後開始爬上車。但是在我能夠做出任何反應之前，這兩個瘋子已經開始用拳頭痛毆對方。我看到安德魯猛烈地向米福林揮拳，而米福林的拳頭則正中他的下巴。安德魯的帽子掉在路上。珮格安靜地站著，薄克則好像是要去咬安德魯的腿部，但是我跳出來一把抓住牠。

---

⑱ 中古時期英國詩歌作品《皮爾斯農夫》（*Piers Plowman*）的主角，相傳詩歌的作者是威廉·朗蘭（William Langland）。

這幅景象確實很奇怪。我想我應該擰著雙手開始大哭大叫的，但事實上我覺得很好笑，這眞是太蠢了。感謝老天，還好這件事發生在這條杳無人煙的路上。

安德魯的身高比教授多一呎，但是他比較笨拙、軟弱，也不結實，但是這紅鬍小矮子則是像貓一樣強健。而且安德魯憤怒到無法控制自己，米福林在生氣之餘卻還能保持冷靜，所以他贏定了。安德魯使勁在他對手的胸膛與肩膀上打了兩拳，但是三十秒後他的下巴與鼻子又連續遭受重擊，於是他便向後仰倒。

安德魯坐在路邊找他的手帕，米福林則站著瞪他，但是看來一副不自在的模樣。兩人都不發一語。薄克從我手中跳走，牠圍在米福林身邊蹦蹦跳跳，好像把這一切都當成遊戲。這幅景象眞是太不可思議了。

安德魯起身，把鼻子上的血跡抹掉。

他說：「說眞格的，我差點要因爲你那一拳而把你當條漢子。不過對著朱比特神發誓，我一定要告你綁架我妹妹。你眞是個大惡棍！」

米福林不發一語。

「安德魯，別傻了。」我說：「難道你看不出來我想自己出去闖一闖嗎？你就回去蹲在家裡吧，等你烤完六千條麵包的時候，也是我要回家的時候了。我覺得你們這兩個年紀已經一大把的男人眞該爲自己感到丟臉。我要啓程去賣書啦。」說完後我就爬上座位，出聲命令珮格。安德魯、米福林與薄克都還站在路上。

一路上我仍怒氣未消。我氣他們兩個男人的表現就像小學生一樣；我氣安德魯如此不講理，但是我內心卻又多少有點佩服他的表現；我氣米福林把安德魯打到流鼻血，但卻又欣賞他所展現出來的氣概；我氣自己惹出那麼多麻煩，我也氣這輛流動寶庫。如果這附近就有斷崖，我還眞想把這輛老爺車給推下去。但是我現在已經沒有退路了，必須繼續走下去。我慢慢走上一個斜坡，結果發現維格港就在前方，一片湛藍寬闊的長島海峽也在眼前綿延不盡。

流動寶庫邊走邊發出悅耳的嘎吱嘎吱聲，柔和的太陽與清新的空氣隨即撫平了我的心。我開始聞出風中有鹽的味道，草原上則有兩三隻海鷗徘徊。就像所有的女人一樣，一陣怒氣過後，出現的反而是過度的溫柔情懷——我內心也開始稱讚起安德魯與米福林兩人。天底下有哪個哥哥會這麼掛念妹妹的幸福與名節？還有，那瘦小教授的表現又是那麼精采！當別人侮辱我的時候，他是那麼快就感到生氣，又那麼大膽地進行報復！他那頂好笑的花呢小帽還掛在座位上，我拿起它的時候內心也幾乎跟著感傷起來。帽子的內襯已經開始脫線磨損了。我從車裡的行李箱拿出一組小型的針線盒，接著把韁繩掛在勾子上，我開始縫補破損處，任由珮格漫步往前走。想到米福林先生開著這輛「文化篷車」，過著他那充滿奇趣的生活，我不禁覺得一陣莞爾。我想像著他在坎登市對著一堆惠特曼的信徒演講，同時也好奇那一團混亂最後是如何收尾的。我想像他回到深愛的布魯克林以後，會到景觀公園散步，然後隨機向遊園者傳布那些有關好書的「福音」。他對於文學的愛好堪稱激進好鬥，與安德魯那種靜悄悄的文學嗜好，有如天壤之別。但是，他們的共同之處還眞多哩！前一刻米福林還大聲地朗讀《樂當鄉巴佬》，沒想到隨即和書的作者打架，而且還把人家打到流鼻血——想到這裡我不禁要笑出來。我突然想到自己該囑咐安德魯餵母雞，還有提醒他冬天的內衣放哪裡。男人這種動物爲何就是不會照顧自己呢？

我一邊想著這些好玩的事，一邊把帽子也補好了。

我才正要伸手把帽子掛好，背後路上就傳來了匆促的腳步聲。回頭一看，是頂著禿頭、小鬍子上沾滿濕氣的米福林正快步追來。薄克也以平穩的步伐跟在他身邊跑著。我停住珮格。

「呣，安德魯呢？」我說。

教授臉上看起來還是有幾分不好意思。「智者是個固執的人。」他說：「我們爭論了一會兒，最後不歡而散。事實上我們幾乎再度打起來，只是他的花粉熱又犯了，噴嚏打個不停，鼻子又開始流血。他堅信我是個惡棍，而且用一串很棒的文句罵我。說老實話，我很景仰他。我想他是一定要告我的。我怕他找不到我，還把布魯克林的地址給了他。我要他幫我在《樂當鄉巴佬》上面簽名，他好像還挺高興的。書是我在陰溝裡找到的。」

「唉，你們這兩個瘋子還眞是絕配。」我說：「你們兩個都該去演戲。你們一定會跟韋伯與菲茲⑲一樣棒。他幫你簽了名嗎？」

他從口袋裡拿出書。用鉛筆字草草簽下的幾個字是：**我為米福林先生而灑下鮮**

---

⑲韋伯與菲茲（Weber and Fields）：兩位二十世紀初的演員，是有名的滑稽劇搭檔。

皿。安德魯．麥吉爾敬上。

「我眞該把這本書再讀一遍，一定能體會出截然不同的趣味。」米福林說：「我能上車嗎？」

我說：「有何不可？維格港就近在我倆眼前。」

他把帽子戴上，感覺到帽子有所改變，於是又脫下它，然後用一種有趣的尷尬神情看著我。

「麥吉爾小姐，妳眞好。」他說。

「安德魯去哪裡啦？」我問他。

米福林說：「他要徒步走回薛比鎭。他走路的步伐可眞豪邁。他突然想起來，昨天下午用火煮了一些馬鈴薯，他說他必須回去看看。他說他希望妳可以偶爾寄幾張明信片給他。妳知道嗎，我比以前更覺得他有梭羅的味道了。」

我說：「他只讓我聞到鍋子燒焦的味道。我猜等我回家的時候，我全部的廚具都會變得慘不忍睹。」

8

維格港是個迷人的古老城鎮。它就建在一塊往長島海峽延伸的岬角上。如果往遠方眺望，人們依稀可以看見長島的盡頭；而米福林正用他閃閃發亮的雙眼眺望著那裡。看著它，好像布魯克林也變得比較近了。幾艘帆船正迎著清新的海風在海口慢慢前行，空氣中瀰漫著濃烈的海水美味。我們直接開往教授要去的車站。我們帶著他的旅行袋，把薄克關在車內，以免牠跟過來。接著當他脫掉帽子站在輪子邊的時候，突然尷尬地停下來。

「好了，麥吉爾小姐，」他說：「五點鐘有一班特快車，運氣好的話，我今晚就可以抵達布魯克林了。我哥哥的地址是艾賓頓大道六百號，我希望當妳寄明信片給智者的時候，也可以寄一張給我。我會很想念這輛流動寶庫，但是如果要我選擇把它留給別人的話，我只願意留給妳。」

他向我深深一鞠躬，在我還沒來得及開口說話以前，他用力地擤了一次鼻子，然後匆忙離開。我看到他拿著旅行袋走進車站，接著就不見蹤影。本來我以為跟安德魯獨居那麼多年後，我已經沒有辦法習慣其他人的奇特行徑了，沒想到居然讓我遇到這紅鬍小矮子——他肯定是這世界上最怪的人了。

薄克在車子裡吠叫著，而我也沒有心情在維格港賣書了。我把車開回鎮上，在茶舖點了一壺茶和一些烤麵包。當我出來的時候，我發現有一群為數不少的人在旁邊圍觀，一方面是因為流動寶庫的奇怪長相，一方面是因為薄克在車裡發出哀傷的叫聲。有一些圍觀者似乎懷疑這台車是某種流動動物園，所以儘管我不情願，還是把車廂的蓋子打開，把薄克綁在車廂尾端，開始為這群人回答一連串好笑的問題。我都還沒有開始推銷，就已經有兩三個人買書了，而且我花了一點時間才離開現場。最後我把車廂關閉，繼續上路，因為我怕被熟人看到。當車子要轉進木橋路的時候，我聽到那班五點鐘開往紐約的火車發出嗚笛聲。

對我來講，從「薩賓莊」到維格港之間的二十哩路是再熟悉不過了，從現在開始我將要前往一個自己沒有去過的領域，但這卻讓我如釋重負。偶爾我會去波士頓玩幾天，每次我總會在維格港搭火車，因此完全不認得鄉間的路。但是我之所以會走這條前往木橋鎮的路，是因爲米福林曾向我提起一個叫做普拉特先生的農夫，他家離維格港有四哩之遙，就在木橋路上。顯然普拉特先生曾數度向教授買書，教授也答應要再度造訪，所以我覺得自己有責任要實現一位好顧客的願望。

在歷經過去兩天的種種冒險以後，有機會獨自好好想事情，反而讓我鬆了一口氣。現在我海倫．麥吉爾所遭遇的確實是一個奇怪的情況。我沒有在薩賓莊的家裡準備晚餐，卻在這條不熟悉的路上漫步前行，這輛可能是舉世無雙的流動寶庫、這匹馬、這隻狗跟整車書籍，全部都歸我一個人獨有。從昨天早上開始，我的人生已經整個脫離了常軌。我把自己的四百塊存款花掉；我賣掉了價值十三塊的書；我看到一場突如其來的互毆爭鬥，還遇到一位哲學家。不僅如此，我自己隱隱約約也正在發展一套新的哲學思考。這一切的起因，只是因爲我不想讓安德魯買下一堆書！無論如何，我達到目的了。當他最後終於看到流動寶庫的時候，他幾乎沒有看它一眼——不過他倒是講了幾句諷刺它的話。我陷入一陣沉思：教授是否會把這個插曲寫進他的書裡？眞希望他出書後可以寄一本給我。但是，他到底有什麼理由提起這件事？對他而言，這不過是他一千次冒險中的一次而已。就像他在盛怒之中向安德魯說的：他是他，我是我，毫無瓜葛。他怎能了解我的心情？這可是我十五年來碰到的第一次冒險！而在這之前，我所做的事情只有——如他所說的——烘培我的「詩集」。啊，那「小薑餅人」多有趣啊！

我把薄克綁在車子後面，因爲我怕牠會想要去找主人。當我們慢慢向前邁進時，夕陽在路上投射了一道與它同高的光線，我開始感到有點寂寞。在歷經十五年的家庭生活後，我開始要經營這門孤獨而且四處爲家的生意，實在有點突然。這條路與大海很接近，我看著長島海峽的海水逐漸變成較深的藍色與深紫色。我可以聽到海浪拍岸的聲音，在長島的盡頭，有一座遙遠的燈塔閃耀著寶石一般的光芒。我想到那小薑餅人正坐著特快車前往紐約，眞不知道他坐的是臥舖還是一般的座位？在坐過流動寶庫的座椅之後，臥舖的位子應該會讓他感到比較舒服。

過沒多久，我們已經快到一家農莊，我想這就是普拉特先生的家吧？它就在大路邊，後方有一個紅色的大穀倉，還有一隻鍍金的「風向雞」——但其實它的外形是一隻奔騰的馬。奇怪的是，珮格就像是認得這地方似的，因爲牠從大門口轉進去，並且發出中氣十足的嘶鳴聲。這一定是教授喜歡留下來歇息的地方。

透過一扇可以看見燈光的窗戶，我見到人們圍桌而坐，顯然普拉特一家人正在享用晚餐。我站在院子裡，有人從窗戶探頭出來看，接著我聽見一個女孩子的聲音：

「欸，爸爸，帕那索斯寶庫來了耶？」

在這農莊裡，小薑餅人一定是個受到大家歡迎的訪客，因爲沒多久我就聽到桌椅推拉與餐盤撞擊的聲音此起彼落，全家人都衝了出來。走在一群人前面的是一個皮膚黝黑的彪形大漢，他穿著一件無領的襯衫，接下來是一個身形跟我差不多的胖女人，還有一個長工跟三個小孩。

我說：「晚安，是普拉特先生嗎？」

「沒錯！」他說：「教授人呢？」

「他正在前往布魯克林的路上。」我說：「帕那索斯流動寶庫現在由我接手。

他告訴我一定得來拜訪您，所以我們就來啦。」

普拉特太太高聲歡呼：「哈，眞是大消息。沒想到流動寶庫率先實現了女人當家作主的夢想！班，你把動物們安頓好，我帶米福林太太進去用餐。」

「等一下！」我說：「我姓麥吉爾，麥吉爾小姐，跟車上寫的一模一樣。我花錢從米福林先生那裡接收了所有設備，這純粹是商業交易。」

普拉特先生說：「好啦，好啦！我們很樂意接待教授的任何朋友。我也很遺憾他不能來這兒。請立刻進來與我們一起用餐。」

普拉特夫婦確實是好心的老鄉。普拉特先生把珮格與薄克安頓在穀倉裡，並且幫牠們安排了食物，而普拉特太太則帶我到客房，並且給我一壺熱水。然後他們才全部走進餐廳，重新開動。我以爲自己是農莊料理的大行家，但是或許這頭銜必須讓給貝拉·普拉特了，因爲她實在是個「優等」的家庭主婦。她的熱餅乾完美無瑕；咖啡也是貨眞價實的摩卡咖啡，是慢慢煨煮出來的，沒有用大火快煮；還有冷肉腸跟馬鈴薯就跟安德魯平常吃的一樣好。她端了一份正在冒煙的煎蛋餅給我，還幫我開了一罐她自己的果醬。孩子們（兩個男孩一個女孩）坐在那裡嘴巴開開，用手肘互推，而當我把燉西洋梨與奶油巧克力蛋糕吃完時，普拉特先生也拿出他的煙斗。這才是一頓貨眞價實的美味佳餚。我很好奇安德魯都吃些什麼，還有他到底有沒有找到柴堆後面的雞窩？紅母雞總是在那兒下蛋。

「來吧，來吧，跟我們說一些有關教授的事情。」普拉特先生說：「今年秋天我們等他已經有一些時日了。一般他大約總是在我們做蘋果酒的時候到莊裡來。」

我說：「我想也沒啥好說的。有一天他就這樣在我們家現身，跟我說他要賣掉所有東西，所以我就買下來了。他渴望自己能回布魯克林寫書。」

「他那本書啊！」普拉特太太說：「他總是在談那本書，但是我覺得他還沒開始寫。」

普拉特先生問：「妳是打哪裡來的呢，麥吉爾小姐？」我看得出他非常困惑：一個女人家怎麼會開著一整台車的書在鄉間到處兜售呢？而且又是獨自一人。

我回答：「從瑞菲鎮附近來的。」

「住在那附近的那位作家是妳的親人嗎？」

「你是指安德魯．麥吉爾嗎？他是我哥哥。」

「我就說嘛！」普拉特太太大叫：「難怪教授對他一直念念不忘。有一晚他對我們朗讀一本他寫的書，直到我們都沉沉睡去。教授還說他是我們這州最棒的文學家，我確實相信這種說法。」

想到他們兩個在薛比鎮「對決」的場面，我暗自覺得好笑。

普拉特先生說：「如果教授在這附近還有哪些跟我們一樣交情的朋友，我很樂意跟他們見面。他第一次來這裡時大概是四年前。那天下午我正在牧草地工作，我聽到磨坊旁的池塘那裡傳來大聲喊叫的聲音。我朝那裡看去，看到有幾個孩子正在揮手呼叫著。我跑下山丘，看到教授正在把我兒子狄克從水中拉出來。狄克就是我身邊這個小孩。」

狄克是個大約十三歲左右的小男孩，他那滿是雀斑的臉漸漸變紅。

「那些孩子正在木筏上嬉鬧，接著我只知道狄克跌下去，直接掉到水堤邊的深水中。而且他也根本游不動。當時教授剛好駕著寶庫經過，聽到男孩子們大聲呼救。他立刻像一隻黑猩猩一樣敏捷地跳下車，翻越籬笆，跳進池塘，游過去一把捉住我兒子。是的，小姐，是他救了我兒子一命，千眞萬確。如果他願意的話，我每晚都可以聽他朗讀詩歌直到睡著。教授這個人就像個小鞭炮一樣精采！」

這位叫做普拉特的農夫深深地抽了一口煙斗。顯然他跟那位流浪書商之的情誼是他生命中最深刻的事物之一。

「是的，小姐。」他繼續說：「教授一直是我的好友，這是再確定不過的。我們把他跟我兒子一起帶回家裡。我兒子沉到水裡面三次，教授必須潛下去三次才能找到他。他們都沉得很深，當時我眞害怕，但我們還是把狄克給救起來了。我們餵他喝威士忌，搓揉他的手臂，把他裹在熱毛毯裡面。沒多久他就醒了。然後我發現教授因爲急著趕到池塘，匆促地越過上面有倒鉤的圍籬，因此在腿上拉出了一道約四指寬的傷口。他的長褲也都沾滿血漬，居然不吭一聲。我可以對著猶大發誓，這附近三個州的小矮子裡面，就屬他最勇敢！好了，接下來我們也安排他到床上躺著，然後則是我老婆昏倒了，於是我們又把她抬到床上。等醫生趕來的時候，一共有三個人躺在床上。那個夏天午後可眞是精采！但妳也知道，教授根本不可能在床上躺多久。隔天他就開始找他那些詩歌作品，而且妳知道嗎？他第一件要做的事就是要我們排排坐，一起聆聽他闡述那些優美的文學作品，就像傳遞福音似的。我猜當時我們聽詩聽到一半就都睡著了，所以他開始朗讀《金銀島》給我們聽。孩子的媽，妳說是不是？而且我們確實沒半個人睡著。從此他也幫孩子們開始養成閱讀的習慣，狄克現在已經是學校裡成績最好的學生。老師也說她從來沒有看過那麼愛讀書的小孩。那是教授對我們的貢獻！那麼，麥吉爾小姐，跟我們說說有關妳自己的事吧！有沒有什麼書是我們該閱讀的？我知道有個叫莎士比亞的傢伙，過去因爲一直聽我老爹講他的故事，所以我也很想讀他寫的書，但教授總是說那些書對我來講太深了！」

聽到這些有關米福林的事蹟以後，我感到很激動。我很容易可以想像那個厲害的小矮子是如何用口才以及誠意打動淳樸的普拉特一家人。磨坊水池的故事也是有意義的。紅鬍仔可不只是個到處流浪的怪人——他是個男子漢，冷靜而且頭腦清醒，處處展露英雄本色。當我回想起他那些好笑的行徑時，全身突然感受到一陣陣的溫暖。

普拉特太太點燃火爐，我則在一旁盡力思索：要挑哪一本書才不會砸了教授的招牌？最後我從寶庫上挑了一本《叢林奇談》（*Jungle Book*），爲他們朗讀「瑞吱—

提吱—太維（Rikki-Tikki-Tavi）」⑳的故事。當我朗讀完的時候，大家沉默了好一會兒。

狄克害羞地說：「爸爸，你不覺得那隻貓鼬很像教授嗎？」

顯然教授已經變成這個家庭長久以來的大英雄了，我開始感覺自己像個冒牌貨！

我已經決定當晚要繼續趕往木橋鎮了，雖然這樣有點傻。那一段路不會超過四英哩，八點過後，我的時間已經所剩無幾。我知道我心裡的惱怒實在很無謂，但是讓我感到有點受傷的是：我還是無法擺脫教授遺留下的光芒。普拉特一家人嘴裡談的都是他，而我則想去一個能夠正視我本身價值的地方，不只是把我當成他的學生。「去你的死紅鬍仔！」我對自己說：「我想這些人都已經被他給蠱惑了！」儘管他們反對我的提議，一直邀我留下來過夜，我還是堅持把珮格套上馬具。我給他們一本《叢林奇談》，算是回報他們的熱情招待，最後還賣了一小本蘭恩改寫的《莎士

⑳那是叢林裡的一隻貓鼬。

比亞故事集》給普拉特先生——我想這本書應該不至於把他搞得一個頭兩個大。接著我點上燈籠，與眾人一一互道珍重之後，我又開著流動寶庫上路了。當我把車開上大路的時候，我對自己說：「該死的小薑餅人，怎麼好像每個人都被他下了迷藥？……現在他應該已經快到布魯克林了。」

沿路寂靜無聲，一片漆黑，因為天空被雲給遮蔽了，既看不見月亮，也沒有星光。照理講，這是一條筆直的路，應該不難走，但我想珮格應該是在我打瞌睡時轉錯了方向。無論如何，到九點半的時候，我發現流動寶庫走上一條比大路更難走的路，沿路也沒有電線桿。我知道主要幹道上應該會有綿延的電線桿，所以顯然我已經走錯路了。我不肯馬上承認錯誤，但接著珮格重重地跘了一跤，然後就停下不走了。牠完全不聽我的命令，當我下車拿燈籠查看是否有東西擋路的時候，我發現牠有一塊蹄鐵已經脫落了，牠的腳也在流血。蹄鐵一定是掉在後面路上某處，牠腳掌上的肉則被釘子之類的東西給扎傷了。我看除了在原地過夜之外，也沒有其他辦法可以想。

這件事讓人高興不起來，但是當天的冒險已經讓我有吃苦耐勞的心理準備了，我知道抱怨是沒有用的。我卸下珮格的馬具，用海綿幫牠止血，把韁繩繫在樹上。其實我早該細心留意我現在到底身處何方，但是一陣雨開始啪嗒啪嗒下了起來。所以我爬進寶庫的車廂，把薄克也帶進去，並且把吊燈點燃。這時候已經將近十點了，反正除了睡覺以外沒有任何事情可以做，所以我脫掉靴子躺上床鋪。薄克也很愜意地躺在車廂地板上。我想要讀一會書，所以沒有熄燈，但是我幾乎馬上就進入了夢鄉。

我起來的時候已經是十一點半了，隨手把燈關掉——剛剛因爲沒關燈，所以車內很溫暖。我打開前後的車窗，本來也想開門，但是因爲怕薄克溜掉而作罷。外面仍下著小雨。惱人的是，現在我已經睡不著了。我躺了一會兒，聆聽著雨滴打在屋頂與天窗上的聲音：當人們很溫暖安適的時候，聽這聲音倒是挺舒服的。偶爾我可以聽到珮格在草叢裡踱步的聲音，我幾乎再度睡著了，直到聽見薄克發出低吼。

我想，像我這種女人其實沒有神經緊張的權利，但是我的安全感在一瞬間消失無蹤。啪嗒啪嗒的雨聲聽起來似乎也帶有威脅性，千百個恐怖的景象從我腦海閃過。當時四下無人，我手無寸鐵，薄克也不是一隻大狗。牠又開始低吼，我比剛剛更害怕了。我想像自己聽到草叢裡傳來鬼鬼祟祟的聲音，珮格則用鼻子噴了一口氣，好像受到驚嚇似的。我用手去拍拍薄克，發現牠脖子上的毛髮像鬥雞一樣豎了起來。牠發出一種像是低吼又像是哀嚎的怪聲，讓我感到不寒而慄。一定是有人要偷偷摸上車，只不過在雨聲中我聽不到其他任何聲音。

我覺得該是採取行動的時候了。我不敢大叫，唯恐讓人發現這車上只有一個單身女子。我的權宜措施實在荒謬至極，但無論如何，我總算是有採取行動。我舉起一隻靴子，拿著它用力敲擊地板，同時用盡可能低沉的男性嗓音說：「搞什麼鬼啊？搞什麼鬼啊？」我敢說，這聽起來眞是蠢極了，但是卻讓我感到些許安心。而且不久後薄克也停止低吼，顯然我的行動是有效的。

我保持很長一段時間的清醒，渾身緊張兮兮。然後我慢慢恢復平靜，幾乎又差一點睡著——儘管我確信自己聽到薄克用尾巴搖動拍打地板的聲音，而且覺得很吵。牠的動作反應出快樂的情緒，但是這動作跟低吼一樣讓我感到困惑。我不敢開燈，但是黑暗中可以聽到牠正在嗅著車廂地板，還有因爲期待某件事而低鳴著。這似乎很可怕，於是我又躡手躡腳地爬下床鋪，用力拍打地板，這次用的是平底煎鍋，而且發出詭異的嘈雜聲。珮格一邊嘶鳴，一邊用鼻子噴氣，薄克則開始狂吠。儘管我焦躁不安，還是幾乎笑了出來。我想：「這聽起來像不像瘋人院啊？」靜下來想一想，這次騷動有可能是因爲某隻小動物而引起的。薄克可能聞到兔子或者臭鼬的氣味而想去追趕。我拍拍牠，然後再度爬上床鋪。

但是眞正刺激的事情才要發生呢！大約一個半小時後，我確信自己聽到車外有腳步聲出現。薄克發出憤怒的低吼聲，我則驚慌地躺著。有東西讓輪子晃動。接著突然爆出一陣奇怪的吵鬧聲。我聽到匆促的腳步聲，珮格發出嘶鳴聲，有東西從車子後方重重落下。地面上有用力扭打的聲音，還有一陣陣重擊聲，以及急速喘息聲。我從後面一扇窗戶看出去，心臟都快跳出來了。四周幾乎沒有任何光線，但我隱約可以看見一團黑影在地上蠕動翻滾著。有東西撞到前輪，所以流動寶庫跟著晃動。我聽到低沉的咒罵聲，然後那東西的軀體（無論它到底是啥東西）滾進草叢裡。接著是樹枝發出一陣壓擠與斷裂的聲音，令人毛骨悚然。薄克哀鳴低吼，瘋了似地用腳掌猛抓地板。接著四周陷入一片寂靜之中。

這時候我全身不知道死了多少細胞。自從孩提時代作惡夢的經驗以來，我不記得我曾遭遇過這麼駭人的事。那害怕的感覺在我的背脊爬上爬下，我的頭皮一陣陣發麻。我把薄克拉上床鋪，一隻手放在牠脖子上。牠似乎也很焦躁不安，有時候也會謹慎地聞東聞西。最後牠還是嘆了一口氣，接著睡著了。我猜當時已經是兩點了，但我就是不想開燈。最後我也沉沉睡去。

當我醒來時，陽光已經閃耀著光芒，天空中到處都是鳥兒的啾啾叫聲。我因爲穿著外衣睡覺而感到四肢僵硬、不舒服，薄克的身體也把我的腳壓得發麻。

我起身探頭往窗外看。寶庫停放的位置是一條樺樹叢中的狹窄小徑，地上泥濘不堪，車後面到處是髒污的足跡。我開門探頭環顧四週。看到的第一件東西，是一頂被壓扁的花呢帽，就擺在輪子旁邊。

9

我的感覺好像是一杯被攪和在一起的核果聖代，五味雜陳。所以教授根本沒有去布魯克林嘛！他這樣像警犬一樣跟蹤我，到底有居心？純粹是因爲他對流動寶庫有種像家一樣的依戀？不可能啊！還有，我在晚上聽到的那些恐怖聲響是什麼？難道是有什麼流浪漢在車子附近徘徊，想要搶劫我？流浪漢有攻擊米福林嗎？還是米福林攻擊了流浪漢？誰打贏了？

我撿起那頂沾滿泥巴的帽子，把它丟進車裡。無論如何，我自己還有一堆問題要解決，有關教授的問題可以先擱著不管。

珮格一看到我就低聲嘶鳴。我檢視牠的腳。在白天，很容易就可以看出問題出在哪裡了。有一塊長長的粗糙石片嵌進馬蹄上了。我毫不費力就把它取出來，弄了一些熱水，再用海綿敷在牠的蹄子上。只要再弄上蹄鐵就不礙事了。但是，那塊蹄鐵跑哪去啦？

我餵馬吃了一點燕麥，用小煤油爐煎蛋煮咖啡給自己，給了薄克一些弄碎的狗餅乾。流動寶庫的配備怎會這麼完整？我越想越覺得神奇。薄克幫我把平底煎鍋清乾淨。當我拿帽子給牠看的時候，牠用鼻子嗅了又嗅，猛搖尾巴。

看來我好像只能夠暫時把寶庫跟動物們擻在這裡，自己走回頭路到普拉特農莊。無疑地，普拉特先生會樂於把馬蹄鐵賣給我，而且還會派他的長工來幫我裝蹄鐵。珮格受了傷，而且又掉了一只蹄鐵，所以牠也不能載我。我猜不會有人來動我這輛寶庫，因爲這是一條通往廢棄採石場的偏僻小路。我把薄克綁在車梯上，讓牠幫我看守車子，隨身只帶著我的包包跟教授的帽子，把車門鎖上，開始回頭找路。眼看我逐漸消失，薄克發出哀鳴，用力想掙脫繩子，但是我現在只有這條路可走。

沿著小路走了一哩半以後，又回到大路上。我昨晚那時一定睡著了，不然哪有可能轉錯方向？我想不透珮格爲何會轉進小路，唯一的可能是：牠的腳受傷了，而牠覺得旁邊這條路是個歇腳的好地方。牠一定是把露宿這回事當成了家常便飯。

我邊走邊想著這一路上所冒的險，然後決定一到木橋鎮就去買枝手槍。我還記得當時我是這樣想的：哇，如今我自己都可以寫一本書囉！我已經開始覺得自己就像個堅毅的拓荒者。像我這種適應力很強的人，沒多久功夫就可以習慣新的生活方式了；而且，農場上那些平凡而一再重複的生活作息，哪比得上駕著寶庫到處旅行的生活？簡直無聊透頂！等我走出木橋鎮，並且過了河，我就要開始認眞賣書。而且我也要買一本筆記本，把我的生活經驗都記下。我曾聽說有女人把賣書當作職業，但是我認爲自己對於書的品味可是跟別的女人截然不同的。我甚至有可能寫一本書來跟安德魯打對台，是的，連米福林我也不放過。接著我的心思又轉到了紅鬍仔身上。

我覺得，在所有的奇人異士裡面，他可以說是「鶴立雞群」——就在這時，我繞過了一段彎路，眼前竟看到他就坐在一段鐵路的圍籬上，陽光把他的頭照得閃閃發光。我的心悸動了一下。我確實相信自己已經漸漸喜歡上教授了。他正在檢視著手裡的一個東西。

「你會中暑的。」我說：「帽子還你。」我從袋中拿出帽子，伸手遞給他。

「謝啦。」他說。那表情，你說有多酷就有多酷。「馬蹄鐵還妳。這算是一次公平交易！」

我突然笑了出來，他的臉色尷尬，而我就希望他有這種反應。

「我還以為你現在已經回到布魯克林了呢！」我說：「回到艾賓頓大道六百號家裡，開始寫第一章的初稿。你這樣跟蹤我是什麼意思？我昨晚差點被你嚇死。我覺得自己就像費尼摩．庫伯㉑筆下的女主角一樣，被外面的印地安人圍困在一間木屋裡。」

他開始臉紅，看來很不自在。

他說：「我得跟妳道歉，我實在不是故意要再讓妳看到我的。我買了一張到紐約的車票，並且把我的旅行袋仔細檢查一遍。然後，當我在等火車的時候，突然想到：妳哥哥說對了，讓妳自己一個人駕著寶庫到處晃，實在很危險。我怕妳會出事，所以就沿路跟蹤妳，並且不讓妳看到。」

「那我在普拉特農莊的時候，你人在哪裡？」

「坐在不遠的路上吃麵包跟乳酪。」他說：「我也寫了一首詩，這種事我倒是很少做。」

我說：「嗯，希望你的耳根子紅到爛掉，普拉特一家人可把你捧上天了哩！」

他顯得比剛剛更不自在了。

「唉，我想這是錯的，」他說：「但無論如何我確實跟蹤妳了。當妳走錯轉進小路時，我就在妳後方不遠處。我眼睜睜看妳轉進去，而且我很熟悉這個鄉下地方，所以知道常常有一些遊民會在小路下去的舊採石場那裡遊蕩。他們在那裡有一個可以度過冬天的洞穴。我怕有些遊民會騷擾妳。那幾乎是最不該拿來露宿的地方。我可以對著喬治．艾略特㉒的骨頭發誓，普拉特早該警告妳。無論如何，我怎

㉑費尼摩．庫伯（James Fenimore Cooper，一七八九～一八五一）：美國早期小說家、故事作家，代表作是曾被改編拍攝成電影《大地英豪》的小說《最後的莫希干人》（*The Last of the Mohicans*）。

㉒喬治．艾略特（George Eliot，一八一九～一八八〇）：瑪莉．安妮．伊文斯（Mary Anne Evans）的筆名，是英國維多利亞時期最重要的女性小說家之一，代表作有《織工馬南》（*Silas Marner*）、《佛蘿絲河上的磨坊》（*The Mill on the Floss*）以及《米德馬契鎮》（*Middlemarch*）。

樣也想不透，妳爲什麼不在他們家過夜？」

「如果你想知道，我可以告訴你——我聽著他們吹捧你，實在有點煩。」

我可以看出他有點被激怒了。

他說：「我很後悔自己驚動了妳。我看到珮格掉了一只蹄鐵，如果妳願意的話，讓我幫妳裝上它。接著我就不會再煩妳了。」

我們又回到路上，此刻我才注意到他右邊的臉頰，耳朵下方有一塊青紫色的瘀傷。

我說：「那遊民，無論他是誰，打架時一定比安德魯厲害。我看到他打傷你的臉頰了。你常跟人打架嗎？」

他那惱怒的神情退去了。顯然教授的嗜好不只是好書，說到打架時興致幾乎也是一樣高昂。

他說話的時候還咯咯笑著：「過去二十四小時裡，我所表現的並不是正常的我。我很不習慣當護花使者——或許我把這差事看得太過嚴重。」

我問他：「你昨晚到底有沒有睡啊？」我想我開始明白了：昨天一整夜，這位像騎士一樣的小矮子都泡在外面淋著毛毛雨，沒有別的目的，只是不希望我被人騷擾。而不知感激的我居然還對他這麼無理取鬧。

「在一塊可以眺望採石場的平地上，我發現了一個很棒的乾草堆。我爬進乾草堆。有時候乾草堆可比民宿舒服多了。」

我帶著悔意說：「嗯，爲你帶來這麼多麻煩，心中實在過意不去。你做了那些事，眞是個大好人。請把帽子戴上，別著涼了。」

我們一起走了幾分鐘，兩人沉默不語。我從眼角瞥視他。我很擔心他在濕冷的夜裡得到要命的感冒，更別說他還跟流浪漢幹了一架；但是他看起來眞是跟以往一樣硬朗。

「書販的野地生活還習慣嗎？」他說：「妳該讀讀喬治·巴洛㉓的書，他一定會喜歡跟著寶庫一起過生活。」

「剛剛遇到你的時候我正在想，其實可以把自己的冒險經歷寫成書。」

㉓喬治·巴洛（George Borrow，一八〇三～一八八一）：英國十九世紀旅行家、散文家。

他說：「好極了！那麼我們可以合作。」

我說：「還有一件事是我們可以合作的：一起做早餐。我相信你還沒吃早餐。」

「還沒。我想是還沒。」他說：「當知道騙不過別人的時候，我從不說謊的。」

「我也還沒吃。」我說。我想如果我沒有辦法回報小矮子的無私奉獻，那至少我可以撒點小謊來配合他。

他說：「嗯，我還以爲這個時候……」

他突然停住：「那是薄克在叫嗎？」他焦急地問。

我們剛才走得很慢，甚至還沒走到大路與小路的交會點，距離昨天我露宿的地方大約還有四分之三哩。我們倆仔細傾聽，但是除了聽到沿路電話線發出的雜音以外，沒有其他聲音。

他說：「沒事，我想我聽到狗叫聲。」但是我注意到他加快腳步。

他繼續說：「我剛才要說，我本來以爲到今天早上我就要永遠跟流動寶庫說再見了，但是現在有機會讓我再看看它，眞是開心死了。我希望它對妳來講也是個好朋友，一如它在我心目中所扮演的角色。我想妳回到智者身邊後就會賣掉它吧？」

我說：「我現在還拿不定主意，我必須承認自己有一點茫然。想要冒險的慾望好像比我當初預期的還要強烈。我開始知道賣書比我原先所想的還要困難，它不是兒戲。老實講，我漸漸開始產生興趣了。」

「嗯，那就好。」他誠懇地說：「如果要我幫寶庫挑選新主人，妳是最好的人選。妳必須讓我知道它的狀況，如此一來，或許當我寫完我的書後，還能夠把它給買回來。」

我們朝小路走去。樹旁邊的地面濕濕滑滑的，我們一前一後走著。我看著手錶，已經九點了，我離開車子已經有一小時之久。當我們越靠越近的時候，米福林用一種很奇怪的方式探頭往樺樹林裡面看。

我說：「怎麼啦？我們不是快到了嗎？」

他說：「我們已經到了。就是這裡。」

但是流動寶庫不見了！

10

我們呆站在那裡，驚慌失措——至少我是那樣——那時間久到足夠削完一顆馬鈴薯。車子往哪個方向移動是無庸置疑的，因爲地上的輪痕很明顯。它就朝著採石場往小路的深處前進。在濕潤的地面上有一些足跡。

教授大叫：「我可以對著希臘主教波力卡（Polycarp）的骨頭發誓，一定是那些遊民把車偷走的。我猜他們會把它拿來當作高級臥鋪。早知道遊民不只一個，我就在附近多待一會，以便就近教訓他們。」

我心想：我的老天！這個唐吉珂德又想要幹架了！

「我們是不是最好回去找普拉特先生來幫忙？」我問他。

我顯然不該說這句話，如此一來只會讓這位生氣的小矮子更加怒火中燒而已。他氣得吹鬍子瞪眼睛。他說：「沒必要！這些傢伙只不過是一些懦夫癟三罷了。他們走不遠的，妳離開也才不過一小時，是吧？如果他們對薄克幹了什麼事，我可以對著喬叟的骨骸發誓，我一定會幹掉他們！我覺得我聽到牠的叫聲了。」

他沿著小路飛快往下跑，我跟了過去，滿腦子驚慌失措。輪子沿著山坡留下一道輪痕，就在一個高高的堤岸與一片樺樹林之間。我覺得這段距離絕對沒有超過四分之一哩長。總之，沒到幾分鐘，這條小路就出現一個向右的急轉彎道，接著我們發現採石場就在下方，中間隔著一個陡直的岩石峭壁，至少有一百呎高。下方我們可以看到流動寶庫被拖到岩壁的一邊，馬具仍套在珮格身上，薄克則是不見蹤跡。車旁邊坐著三個看起來髒兮兮的人，炊煙裊裊昇入空中，顯然他們擅自取用了我儲存的食物。

教授輕聲說：「後退，不要被他們看見。」他低臥在草叢裡，匍伏前進到懸崖的邊緣。我也跟他一起這樣做，我們就趴在那裡，從下面是看不到我們的，但是對於採石場裡的一舉一動，我們卻都看在眼裡。顯然這三個流浪漢正在享受他們的美味早餐。

「那些傢伙把這裡當成他們平常活動的地盤。」米福林低聲說：「我每年都會在這裡看到遊民，通常他們大約在十月底就到達冬天的營地。採礦場這邊有個已經掏空的老舊區域變成他們避冬的居所。因爲這地方已經沒有人使用了，所以只要他們不在附近作亂的話，他們也不會被打擾。我們要把他們……」

我們後面有人發出粗獷的聲音：「頭抬起來！」我環顧四週。有個臉上寫著「惡棍」兩個字的紅臉胖子，手上拿著一把閃閃發亮的左輪手槍高踞在我們頭頂。這狀況實在棘手，教授跟我兩人都伏地趴在地上，我們插翅也難飛。

那流浪漢用嘶啞而凶惡的聲音說：「起來！你們一定以爲我們沒有派人在後面盯哨吧？呵，我想應該要把你們綁起來，然後再坐著你們的豪華房車逃走。」

我爬了起來，令我感到詫異的是，教授仍整個人趴在地上。

流浪漢又吼了一聲：「起來啦，你要趴在那裡拜拜嗎！如果你方便的話，請『高抬貴腳』好嗎？」

我猜他覺得自己不至於被女人攻擊。無論如何，他彎下腰好像要去抓米福林的脖子。我趁機從後面跳到他身上。如我所說，我的身體很重，結果他整個人跌了個狗吃屎。本來我還在猜手槍裡是否有裝子彈，但我很快獲得解答，因爲它被擊發了，而且那聲音就像砲擊一樣宏亮。不過，沒有人變成槍靶，米福林以迅雷不及掩耳的速度站了起來。他箝制住那個惡棍的喉嚨，而且把他手上的武器踢掉。我跑過去把它撿起來。

「你這個王八蛋！」勇敢的紅鬍仔說：「你以爲我們好欺負是吧？麥吉爾小姐，你就跟聖女貞德一樣敏捷。請妳把手槍給我。」

我把槍給他，他用槍抵住流浪漢的鼻子下方。

「現在解開你脖子上那塊破布。」他說。

那塊破布是一條老舊的紅色手帕，髒到你無法想像。遊民把手帕解下，嘴裡嘟嘟囔囔發了幾聲牢騷。當米福林要把俘虜的雙手綁起來時，順手把槍遞給我。這時我們聽到從採石場傳來的叫聲。那三個遊民各個激動無比，都朝我們這裡瞪著。

米福林一邊把遊民的手綁在一起，一邊對他說：「跟下面那幾個痞子說，如果他們膽敢對我動粗的話，我就像射烏鴉一樣把他們一個個幹掉。」他的聲音聽起來冷靜而凶狠，這種情況對他好像是家常便飯似的，但是我必須承認當時我也很納悶——我們哪有辦法料理這四個人？

這個滑頭的惡棍向他那些在採石場裡的同伴們大叫，但是我沒有聽見他說些什麼，因爲當時教授吩咐我要看住俘虜，而他則去找棍子了。我站著用手槍抵住他的頭，米福林則回身跑進樺樹林裡去截取一段樹枝當木棍。

當遊民看著他自己的槍口時，臉色變得跟荷包蛋的反面一樣慘白。

「嘿，小姐，」他哀求著：「槍枝可沒有長眼睛，是不是可以把它指向別的地方，我怕妳一不小心就把我幹掉了。」

我想，嚇嚇他也少不了一跟汗毛，所以還是堅持把槍指向他。

下面那幾個流氓似乎正爭論著要怎麼辦。我不知道他們身上是否有武器，但也許他們以爲我們這邊不只兩個人。無論如何，當米福林拿著一根粗壯的樺樹木棍回來時，他們已經衝出採石場，往下方逃逸去了。教授咒罵了幾句，看起來好像打算乘勝追擊一樣，但還是作罷。

他用乾淨俐落的語調跟那遊民說：「喂！你走在我們前面，到下面的採石場去。」

肥胖的惡棍笨手笨腳地從小路往下走，一路搖搖晃晃。我們要繞好大一圈才能夠進入採石場，當我們抵達時，另外三個遊民已經逃逸無蹤。老實講，我並沒因此感到遺憾。難道教授在過去這二十四小時以來打得架還不夠多嗎？我心裡這樣想。

珮格一看到我們走過去就大聲嘶鳴，但是我們沒看到薄克。

「你這隻豬！你對我的狗做了什麼事？」米福林說：「如果你敢傷害牠，我一定把你抽筋剝皮。」

我們的俘虜完全嚇呆了，他苦苦哀求：「沒有啊，老大，我們沒有傷害你的狗。我們只是把牠綁起來，這樣牠才不會亂叫，就這樣而已。他在那輛『公車』裡面。」確實沒錯，這時候我們聽到寶庫裡面傳來一陣陣微弱的吠叫與哀鳴聲。

我趕快跑去打開門，看到薄克的嘴巴被繩索套住。牠跑出來後，使出一隻小狗的渾身解數，表達自己再度看到教授的喜悅。牠不太理睬我。

把小狗嘴上的繩索除去後，米福林還得阻止牠從遊民的小腿上咬一塊肉下來，接著他說：「我們該怎麼處置這位綠林好漢？我們該把他送到維格港去吃牢飯，還是放他走？」

遊民突然開始跟我們苦苦哀求，看他那慘兮兮的模樣，幾乎讓人感到好笑。教授打斷他的話。

「我應該送你去坐牢的。」他說：「你是昨天晚上在小路上跟我扭打的那一號煞星嗎？那時候是不是你偷偷摸摸在車子附近徘徊？」

「老大，不是的，那個人是兔唇山姆，我可以對天發誓。老大，他回來時還說呢：『剛剛跟山貓幹了一架！』老大，你眞的把他痛扁了一頓。他有隻眼睛腫得像布丁似的！老大，我發誓那件事跟我沒有任何關係。」

教授說：「我不喜歡你那些狐群狗黨。我會放你走。我現在開始數到十，如果數完了你還沒走出這個採石場，我就開槍射你。如果你再被我看到，我就會活活把你抽筋剝皮。現在就給我滾！」

他把綁起來的手帕扯斷。我們根本不必催促他，他好像腳底抹油似的，逃得跟兔子一樣快。教授看著這個肥胖的笨傢伙走掉，趁他衝過一道樹籬，消失蹤影之際，教授又對空鳴槍嚇唬他。接著他把手槍丟進附近的水池裡。

「好了，麥吉爾小姐，」他咯咯笑著說：「如果妳想要弄早餐的話，那我就來處理珮格。」說完便把蹄鐵從口袋裡拿出來。

我很快地把寶庫檢查一遍，發現那些小賊還來不及大肆破壞它，我也放心了。他們把大部分的食物都拿出來了，全部攤開放在一顆平坦的岩石上，準備大快朵頤一番；不僅如此，他們還把一大堆泥土帶進車廂裡面；但除此之外，我沒看到有哪些損失。因此，當米福林忙著幫珮格穿上蹄鐵的時候，我很快就開始準備早餐了。我發現有一股清水從岩石表面不斷湧出。小廚櫃裡面還有一些蛋、麵包與乳酪，跟一罐尚未打開的煉乳。我掛了一袋燕麥在珮格身上，接著餵薄克吃東西，這與高采烈的小傢伙正到處活蹦亂跳。那時候蹄鐵已經裝好了，教授和我坐著享用這七拼八湊的一餐。我開始有一種感覺——這種吉普賽人過的日子，似乎已經變成我的生活常態。

「嗯，教授……」當我遞一杯咖啡、一盤炒蛋與乳酪給他的時候，我說：「對於一個昨晚睡在濕草堆裡面的人而言，你可眞是活力充沛。」

他說：「這輛老寶庫就像是在暴雨中歷險的海燕。過去我曾認爲寫書最困難的部分是要設法編故事；但如果我不用編的，光是坐下來寫出我跟寶庫共患難的經過，那不等於把《奧德賽》㉔給重寫一遍嗎？」

我問他：「珮格的腳還好吧？能夠走遠路嗎？」

「如果慢慢走，是不成問題的。我把牠受傷的部分刮掉，把蹄鐵穿回去。我在車廂下方放了一個小工具箱，可以應付各種緊急狀況。」

因爲外面冷颼颼的，所以我們沒辦法慢慢吃飯。我吃了一點，但只是虛應故事而已，一部分是因爲剛剛我已經吃過一點早餐，一部分是因爲過去幾個小時發生的事情讓我仍然忐忑不安。我想把寶庫開上大路，在陽光下漫步前行，同時也好好想一下事情。採石場是個廢棄的地方，總之是已經禁止進入的，但是在離開之前，我們仍去查看了一下流浪漢們打算用來度過一個舒服冬天的洞穴。其實那並不是洞穴，只是一道深入大理石峭壁的採石井。一片長春藤蔓擋住了開口，所以不畏天氣嚴寒。裡面則是一堆堆麻布袋，顯然被他們拿來當作床鋪，同時還有一些充當桌椅的雜貨箱。讓我感到好笑的是，角落的岩石上居然還掛著一面殘缺的鏡子。即使是這些衣衫襤褸的遊民也並非完全不顧及個人體面。當教授在幫珮格的腳進行最後檢查時，我趁機整理頭髮，它已經亂到足以引人側目了。我想如果安德魯那天早上看到我，應該會認不出來。

我們領著珮格走上陡峭的斜坡，走回我迷路的那條小路，最後終於再度回到大路上。這個時候我要紅鬍仔乖乖照我的話去做。

「現在聽我說。我不會讓你自己一路遊蕩回維格港。經過這樣一個夜晚，你需要休息。你給我爬進寶庫裡面，躺下好好睡一覺。我載你到木橋鎮，你可以到那裡搭火車。現在你上床去，我坐在外面駕車。」

他猶豫了一陣，但是沒有多說什麼。我想這小笨蛋已經快要累壞了，這是無庸置疑的。其實我自己也有一點搖搖欲墜。最後他很聽話地爬進車廂，脫掉靴子，幫自己蓋上一條毛毯。薄克跟著他，我想他們倆應該都立刻睡著了。我坐到前座拿起了韁繩。我讓珮格慢慢走，這樣牠受傷的腳才能休息。

㉔《奧德賽》（*Odyssey*）：古希臘詩人荷馬的作品，故事敘述特洛伊戰爭英雄奧德修斯（Odysseus）在戰後復員返家的歷險經過。

啊，雨後的清晨眞是棒透了！這條路跟海岸靠得很近，偶爾我可以瞥見海水。空氣無比清新——不只是那種我們可以隨意吸進呼出，完全不予注意的一般空氣，而是那種讓人感到刺激振顫的天地精華，強烈到讓人覺得好像有樟腦或者氨水放在鼻子邊。我們走在金黃色陽光普照的白色大路上，陽光似乎集中照射在寶庫的車身，一片西洋杉的樹海在帶有鹹味的空氣中來回搖曳著。我想，大概已經有十年這麼久了吧，我第一次有這種閒情逸致，容許自己在腦海中思索，到底該用哪個詞彙來描繪這樣美妙的清晨。我甚至想像自己設法把它的美妙化爲文字，把自己當成是安德魯或者是梭羅。我猜，這位綽號教授的瘋癲小矮子大概把他身上的書蟲傳染給我了吧？

接著，我幹了一件不太名譽的事。我不小心把手伸進平常米福林放雜物的袋子裡，我是想要再看看他在上面題詩的那張名片。結果我在袋子裡發現一本有趣而破破爛爛的小筆記本，顯然是被遺忘在那邊了。筆記本的封面上寫著：「**對於現狀的一些不滿**」。這標題對我來說彷彿有點熟悉，它讓我想起了學生時代似乎看過類似的東西——我的老天，那已經是二十年前的事了。如果我顧及信譽的話，一開始當然就不會把它拿起來看。但是嚴格來講，如果我要爲自己辯護的話，我也可以說：我買下了寶庫以及附屬於它的所有物品，就像安德魯所說的：「買牲畜送門鎖，買桶子送木塞。」所以……

筆記本裡面到處是短短的札記，是教授整齊精巧的鉛筆字跡。這些字被擦得髒兮兮，但是內容還是看得清楚。上面寫的是：

> 我覺得薄克與珮格應該不會寂寞，但我可以對著班・古恩㉕的骨骸發誓，我確實會感到寂寞。很蠢吧？既然我有一整車的夥伴在後面陪著我，包括海利克㉖、安徒生（Hans Andersen）、但尼生以及梭羅等等，又怎會寂寞？當我們漫步前行時，彷彿可以聽到他們談話的聲音。但是書中的黃金屋畢竟不是眞

㉕班・古恩（Ben Gunn）：小說《金銀島》（*Treasure Island*）裡面的一個角色。

㉖海利克（Herrick）：近代史上有兩個叫做勞勃・海利克的作家，一個是十七世紀的英國詩人，一個是十九世紀的美國小說家。

的。三不五時，我們還是會渴望一種更親暱、更人性化的關係。我已經一個人過了八年孤零零的日子了——除了朗特㉗曾與我作伴以外，但他有可能已經死了，所以也不必再提。這樣到處遊蕩的日子也有其美妙之處，但有一天它終究必須結束。如果要獲得眞正的快樂，男人還是必須落地生根。

人類何其荒謬無辜！爲何老是被兩種完全相反的慾望給東拉西扯？一個人如果在某處定了下來，他就想要外出遊蕩；偏偏在外遊蕩的時候，他又渴望有個家。問題是，滿足的人卻又是如此無知——只有感到不滿的人才能在生命中創造出偉大成就。

美妙的生命有三大要素：學習、賺錢與渴望。一個人應該走到哪裡就學到哪裡；而且他必須賺錢來養活自己與其他人；還有，他也必須有所渴望——渴望去探索那些他還不了解的事物。

喬治．賀伯特寫的一首古老詩作〈滑車〉㉘眞是太棒了！這些伊麗莎白女王時代的傢伙可眞會寫東西啊！他們一向主張詩歌必須「詼諧機智」——或許是這樣才會被中傷吧！（記不記得？科學家培根就曾說過：讀詩讓人變得有智慧。

他在這裡給的這條線索，就足以讓人搞懂當時的文學作品。）在詩歌的雙關語以及自負姿態裡面，處處讓人感受到他們的狂熱，但我們現在已經不流行這一套了。但是，天啊！他們所說的才是一切事物的根源！他們處理人生問題的那種方式，是多麼豪爽虔誠！

喬治・賀伯特說：當上帝一開始造人的時候，祂「身旁放了一杯滿滿的福蔭。」所以，祂把水池裡所有的福蔭都灌注到人類身上，包括力量、美貌、智慧、榮耀、喜樂。但是最後一種福蔭祂卻忍住不給：「平靜」，也就是「滿足」。上帝看透了其中的道理：如果人類感到心滿意足的話，還有誰會努力付出，只求回到上帝身邊？讓人類保持游移不安的狀態，如此一來：

「如果天生的善性無法把他帶回，那麼疲憊消沉之際，

㉗這名字（Runt）從頭到尾只出現過一次，懷疑是作者本來想寫的角色之一，但並未發展出有關他的劇情。

㉘喬治・賀伯特（George Herbert），十七世紀的英國詩人，〈滑車〉（*The Pulley*）是他在一六三三年發表的作品。

他也許會重回我的懷抱。」

有一天我也該以此爲主題寫一本小說，書名就叫做《滑車》吧！在這個充滿悲劇與不安的世界裡，有個歸處是一定能讓我們高枕無憂、平靜歇息的。有些人說那個歸處是死亡，有些人則說是上帝。

我理想中的人，不是像有些叫做奧瑪的傢伙，看到眼前一片混亂就不想面對，全部弄亂後再按照自己的意願重新安排。老奧瑪是個穿著絲質睡衣，手執酒杯的懦夫。喬治．賀伯特所說的「陳年老木」㉙，才是人們眞正的典範——不論遇到什麼事，總能輕巧化解，妥善處理。就算只是把煤炭鏟進火爐裡，一把鏟子也能拿得四平八穩，均勻地把煤炭送進火中，不會灑在地板上。不管是劈柴還是推動小台車，再小的事情他也能夠做到盡善盡美。不管是寫書還是削馬鈴薯皮，都能全力以赴。就算是個在鄉間路上賣書，已經年過四十的禿頭老傻子，也能夠實現這典範。

老舊的帕那索斯流動寶庫，你眞是好樣的！這遊戲眞棒……但是，我想我很快必須把它讓售：我必須把我的書寫出來。但是能擁有流動寶庫，眞是我畢生的福蔭。

筆記本裡面還寫了很多東西。裡面有一半都是隨手記下的文字片段、備忘錄，還有像是塗鴉一般的字跡（我相信其中有一些是詩作），但是我已經看夠了。我似乎不經意撞見了這小矮子居然也有一顆可悲、勇敢又寂寞的眞心。我是個平凡人，難以感受到生命中許多比較深層的事物，但我也跟大部分平凡人一樣，偶爾還是有機會親身參與一些令人動容的經驗。就像現在，我看到這位矮小的紅鬍書商的所作所爲就好像一片酵母，丟進了又大又重的人性麵糰裡，如此激勵人心：在他這樣四處爲家之際，同時心裡仍想試著以自己的方式來實踐自己眼裡的美德典範。我幾乎感覺到自己對他興起一種母愛似的疼惜，我想告訴他，你說的我都懂。而且，對於自己擅離職守，也感到幾分羞愧：我怎麼可以丟下家裡的工作，把我的廚房與雞舍

㉙ 喬治．賀伯特在詩作裡面說，「陳年老木」具有甘甜高潔的靈魂，當這世間一切都逝去時，只有陳年老木還在，有歷久彌堅之意。

棄置不顧？還有我那脾氣暴躁又心不在焉的老安德魯？此刻我感到很清醒。等到我又是隻身一人的時候，我要賣掉寶庫，趕回農莊。那就是我的工作，那就是我的福蔭。我到底在幹什麼呢？我這肥胖的中年女子，怎麼會拉著一車我自己也讀不懂的書在路上閒晃呢？

我把筆記本放回袋子。我寧死也不願意讓教授知道我看過它。

11

我們已經到了木橋鎮。當我還在猶豫要不要把教授叫醒的時候，我身後的小窗子滑開了，他從裡面伸出頭來。

他說：「嗨，我想我一定是睡著了！」

我說：「嗯，我就是希望你能睡一覺。這正是你需要的。」

他的氣色看來確實比較好，看他這樣我也鬆了一口氣。我眞怕他會因爲在外面睡了一整夜而生病，現在我覺得他的身體應該比我想像中還要強壯。他跑到前座來跟我坐，我們一起進城。當他到車站去問火車時刻之際，也是我賣書的好時機。我離開了到處是熟人的地方，所以我可以模仿米福林賣書的方式，一點也不感到難爲情。我甚至還略勝他一籌，跑到五金行去買了一個大型的「開飯鈴」。這樣一來，我可以猛力搖鈴吸引人群聚集，然後打開車蓋，展示我的書。事實上，我只賣出一本書，不過我自己還是樂在其中。

米福林很快就回來了。我想他去理了頭髮，總之他看來神清氣爽的，還去買了一個乾淨的衣領，以及一個色調明亮的靛藍色活動領帶，跟他的外表眞是很搭。

「唉，」他說：「我在智者鼻子上打了一拳，他現在要討回來了。我剛剛去銀行要兌現妳的支票，他們打電話到瑞菲鎭去，顯然戶頭已經被妳哥哥止付了。眞尷尬，他們似乎以爲我是個騙子。」

我氣炸了。安德魯有什麼權力這麼做？

「那個王八蛋！」我說：「我到底該怎麼做？」

他說：「我建議妳打個電話到瑞菲鎭的銀行，撤回妳哥哥的指令——當然，前提是：妳並沒有後悔跟我做了這個交易。我不想佔妳便宜。」

「胡說！我才不想讓安德魯毀了我的假期。」我說：「他老是這樣，如有個想法被他的腦袋接受了，他就不會改變，活像隻驢子一樣倔強。我會打電話到瑞菲鎭，然後我們再一起去銀行。」

我們把寶庫安頓在旅館以後，我跑去打電話。我對安德魯感到非常生氣，本來想要試著先跟他通電話，但是薩賓莊那一頭沒有人接電話。於是我打電話給瑞菲鎮的銀行，找到了薛利先生。他是銀行的出納，我跟他很熟。我猜他認得出我的聲音，因爲當我告訴他我的要求之後，他沒有任何異議。

我說：「現在請你打電話到木橋鎮的銀行，告訴他們讓米福林先生領錢。我會跟他一起去，幫他證明他的身分。這樣可以嗎？」

「好極了！」他說——這個騙人的小癟三！如果我早知道他的陰謀詭計就好了！

米福林說他可以搭乘三點那一班火車。我們在一家小餐館吃了點東西，然後他又到銀行去，我也跟在他身邊。我們問銀行出納，看看瑞菲鎮是否已經通知他。

「是的，我們剛剛聽到了。」他用一種古怪的表情看著我說：「您是麥吉爾小姐嗎？」

「是的。」我說。

他很客氣地跟我說：「您可以跟我來一下嗎？」

他帶我走進一間小會客室，要我坐下。我還以爲他要拿一些文件給我簽，所以我很有耐心地等了幾分鐘。我把教授一個人留在出納窗口，那是他們要拿錢給他的地方。

我等了一會兒，最後也看膩了那些人壽保險的月曆。接著我剛好瞥見窗外的情景。那個人確實是教授沒錯，但他怎麼會跟另一個人一起消失在轉角處？

我回到出納的櫃檯。

「怎麼回事？」我說：「你的紅木家具很漂亮，但我已經看膩了。我還要在這裡坐多久？米福林先生呢？他拿到錢了嗎？」

出納是個雙鬢留著鬍子，討人厭的小個子。

他說：「很抱歉，讓您久等了，這位女士。這筆交易剛剛完成了，我們把米福林先生該拿到的都給他了，您不需要繼續等待了。」

我覺得其中一定有鬼。教授怎麼可能不跟我說聲再見，拍拍屁股就走了？但是，因爲我看到時鐘上顯示還有三分鐘就到三點，所以我想他有可能是急著要去趕車。總之，他這小矮子就是那麼奇怪……

於是我只好回旅館去，這樣突然與他分別實在讓人感到有點沮喪。但至少我我很高興那小矮子已經順利拿到錢了。或許他會從布魯克林寫信給我，但我當然要等到返回農莊以後才能接到信件，因爲那是他唯一可能寄信的地址。或許也不會等太久，但是我並不想馬上回去，因爲安德魯實在太討人厭了。

我把流動寶庫開到渡口，我們一起渡河。我心裡若有所失，也不太痛快。甚至流動的清新空氣也不能讓我高興起來。薄克在車廂裡發出哀鳴。

才過沒有多久的時間，我就發現寶庫本身已經失去了魅力。我想念教授，讓我想念的，是他陳述事物時那種突兀而直接的方式，還有他那種古怪的機智。還有，他不說一句再見就離開，讓我有點懊惱。這不太合乎常理。我下船後在對面河岸的一家農莊稍事停留，賣了一本食譜後才退去了些許的怒氣。然後我又開始踏上前往巴斯鎮的路途，巴斯鎮在前方五哩路。珮格的腳似乎沒有大礙，所以我想一路走到鎮上再歇息過夜，應該不會有問題。算一算日子，我記得當時是週六晚上（要我算出當時是禮拜幾，還眞有點困難：感覺上，我好像已經離家一個月之久了）。我想我會在巴斯鎮度過禮拜天，並且好好休息。我們靜靜地在路上走著，我拿出一本《浮華世界》（*Vanity Fair*）。我對於書中「貝琪．夏普」這個角色實在是太投入了，以致於我根本沒有想到要停下來賣書給一路上的人家。我想：閱讀一本好書可以讓人變得謙遜。每當你看到一本眞正偉大的書籍裡面出現了洞悉人性的絕妙好句，你能不爲此感到自己的渺小嗎？那種油然而生的渺小感，通常也會在某些時候出現：例如在朗朗夜空中看到北斗七星，或者是撿拾雞蛋的時候看到冬晨的日出。任何會讓你感到自己渺小的事物，對你都是大有好處的。

教授說：「你所謂的好書指的是什麼？」這句話純粹是我自己的想像。我似乎可以看到他坐在這裡，手裡拿著他的玉米梗煙斗，他那張滑稽小臉上的銳利眼神看著我。不知道爲什麼，和教授說話會促使我思考。我確信，他就像史克蘭頓市所提供的那些函授課程一樣具有啓發性㉚，而且還不用貼郵票哩。

嗯，接著我想像自己對著教授說（其實是對著自己說）：「我們來看看，什麼是好書？我不是說那些由亨利．詹姆斯（Henry James）所寫的好書。（他是安德魯心目中的偶像。對我而言，他似乎總是急著要把腦袋裡的想法都化爲文字，沒辦法用一點時間先整理一下自己的思緒。）一本好書必須以簡單的方式傳達理念。而且，它必須是夏娃的鄰居，它必須來自於靠近第三根肋骨的地方：也就是作者的眞心。用清晰頭腦寫出來的故事並沒有太大意義。無論如何，這種書連一群婆婆媽媽都懶得看。這就是亨利．詹姆斯最大的問題。安德魯一天到晚把他掛在嘴邊，於是我就帶他的書到瑞菲鎮的一個女紅裁縫姊妹會去朗讀。試過一次以後，還是回去看我們最愛的《寶琳娜》㉛。」

過去十五年來，我一直在做家事雜務，並且經營農莊，完全沒有進行生命的思考，甚至也沒有思考跟書有關的一切。我不會在文學觀點上跟你唱反調，教授（我仍然還在跟腦袋裡的米福林說話），甚至也不是要反對安德魯，但是如我所說，我自己已經有些想法。我所領悟的道理是：只要是誠實的工作，不論是寫書，還是洗盤子，都具有一樣的價値。我想安德魯的書畢竟也有其可取之處，因爲他確實在書

㉚美國在一八九〇年開始有學校提供函授課程，發源地在賓州的史克蘭頓市。
㉛波特夫人（Eleanor Porter）所寫的小說，故事主角是一個叫做寶琳娜（Pollyanna）的小孤女。

裡面投入了無盡的心力。雖然他是個沒用的農夫，但是我可以原諒他，因爲他對文學事業的付出可以說毫無保留。一個人只要是可以盡其可能地專注在一件事上面，那麼其他事情都馬馬虎虎也無所謂。所以，我覺得自己當個文學白痴也沒有關係，因爲廚房裡的事情你可以儘管「叫我第一名」。過去我在擦洗、除塵、掃地，然後忙著張羅晚餐的時候，心裡就是這麼想的。如果我在椅子上讀書超過十分鐘，奶油蛋糕早就被貓兒毀掉了。在日昇到日落這段時間裡，沒有哪個鄉下女人可以連續坐著十五分鐘，除非她有五六個僕人可供使喚。而任何一個人除非一輩子大部分時間都坐著讀書，不然哪可能成爲文學的「萬事通」？其中的道理就是這樣。

我最近才開始學會了進行哲學思考。珮格心滿意足地緩步前行，小狗則是被我繫在寶庫的下方，跟在後面走著。我一邊讀著《浮華世界》，一邊胡思亂想。有一度我曾出來撿拾那些引我注意的赭紅色楓葉。來來往往的汽車不但帶來灰塵與噪音，也惹惱了我，偶爾有幾台會停下來，好奇地看著我的裝備，然後要求看書。我爲他們打開車廂蓋，停在道路旁，和他們好好聊一會兒。他們也買了兩三本書。

當我接近貝斯鎮的時候，我的手錶指針已經走到了晚餐的時間。米福林過去總是找間農舍過夜，我則還是有點不好意思，所以我想我會直接進城找旅館。隔天是週日，所以我似乎也應該讓馬兒好好在貝斯鎮休息，待個兩晚。一家叫做「輾玉米屋」的旅館看起來既乾淨又帶有懷舊風味，而且名字也讓我覺得有趣，所以我就住進去了。它是那種高級的供膳宿舍，住的大多是一些老女人。跟薛比鎮的中央大飯店相較，它幾乎有一種作家艾柏特．胡柏㉜筆下的那種文學風味。房客們用一種懷疑的眼神瞪著我，而我還以爲他們會跟我說：不收留小販。但是當我在櫃檯亮出一張全新的五元鈔票後，我便得到了很好的款待。在新英格蘭地區，如果你身上有一張五元鈔票，人們就當它是一張貴族的身分證。

我的天，那隻奶油麵包雞是多麼好吃啊！還有那淋上糖漿的蕎麥蛋糕！當你已經習慣吃自己的家常菜色以後，能夠偶爾吃一頓別人煮的東西，那眞是最棒的享受。吃完晚餐後，我原本準備好要穿著毛衣坐在門廊上，好好在安樂椅上搖兩下，但是我卻想到該輪到我來維持寶庫的傳統，傳達有關好書的福音。我想到教授一直

㉜艾柏特．胡柏（Elbert Hubbard，一八五六～一九一五）：美國出版商、作家。

堅持這件事，從未偷懶，所以我決定自己也要把這理念延續下去。

事後回想這段經歷，我覺得自己好像是瘋了；但是在當下，我渾身充滿了宗教福音使者般的狂熱。我覺得，如果我想要試著把書賣出去，不如也同時讓自己能夠樂在其中。大部分的女士們都窩在交誼廳裡面，有些在織東西，有些在讀書，還有些在玩撲克牌。我看到吸煙室裡有兩個乾癟的老男人。哈莫尼太太是這家旅館的經營者，她坐在銅製欄杆後方的桌邊，正在用羽毛筆記帳。我心裡在想：這家旅館上次發生驚人的事件是什麼時候啊？那時間大概比華特．惠特曼出版《草葉集》（*Leaves of Grass*）的年代還要久遠了吧？我懷抱著一種「不成功便成仁」的精神，決定要給他們來一次震撼教育。

我注意到餐廳有一個巨大的「開飯鈴」，就掛在門後。我走到那裡，拿起鈴鐺。我站在大廳裡，手上開始用盡吃奶的力氣搖鈴。

任何人都有可能以為發生火警了。驚恐的哈莫尼太太把筆丟下。交誼廳裡那一群老太太們全部醒了過來，像一群蟑螂似地湧進大廳裡。沒有三兩下我就聚集了這麼一大群人。接下來就看我怎麼使出我的三吋不爛之舌。

「朋友們！」我說（我猜自己是不自覺地模仿起了教授賣書時的橋段），「這鈴聲平常是召喚你們來享用滿桌的美食，現在則是要邀請你們來參加一場文學的饗宴。如果旅館方面同意，而你們也願意接受我的道歉的話，容我暫時打斷你們的平靜，我將在這跟大家談一談好書的價值。因爲我看到你們有些人喜歡閱讀，所以這話題應該還算恰當吧？」

這一群烏合之眾用熱切的眼神瞪著我。

我繼續說：「女士先生們，我想大家都還記得林肯總統的一個故事，當時他說：『如果我們把狗的腳稱爲尾巴，那麼一隻狗有幾條尾巴？』如果你說『五條』，那就錯了，因爲，正如同林肯先生所說的，把腳稱爲尾巴……」

至今我都還認爲這是一段很好的開場白。但是我也只能講到這裡而已。哈莫尼太太像瘋了一樣跑出來，像母狗快奔出籠似的，抓住我的手臂。她氣得滿臉通紅。

「眞的，眞的！」她說：「我眞的必須請妳到別的地方繼續妳的談話。我們不歡迎旅行推銷員住進旅館來。」

接著才不到十五分鐘，他們就幫珮格套上馬具，請我走路了。我的滿腔熱血卻讓自己陷入措手不及的困境中，所以我幾乎沒有抗議的餘地。感到一陣恍惚的我隨即發現自己來到了麋鹿旅館——他們向我保證，絕對會好好款待商業人士。我直接到我的房裡，一躺上床墊就進入了夢鄉。

這次公開演說不但是我的第一次，也是最後一次。

12

隔天是十月六日星期天。那日期我記得很清楚。

我起床的時候神清氣爽，就像是勞勃・錢伯斯㉝筆下的女主角一樣。前晚的所有疑慮與鬱悶都已經一掃而空，現在我對這世界以及萬物都懷抱著滿心喜悅的心情。這旅館是個爛地方，但我的平靜可沒那麼容易就被打破。我在貨眞價實的鄉間錫澡盆裡面洗了一個很痛苦的冷水澡，然後早餐吃了蛋與煎餅。桌子邊有一個旅行推銷員是賣避雷針的，其他幾個人也都是推銷員。教授如果在這裡的話，他會說些

㉝勞勃・錢伯斯（Robert W. Chambers，一八六五～一九三三）：美國作家。

什麼呢？好像我所說的話都是有意模仿他，但不管怎樣，我跟他們相處得很融洽。這些四處爲家的男人，經過一下子的尷尬與羞赧之後，就開始把我當成他們的一份子，而且興味盎然地開始詢問我的「行業」。我描述自己所做的事，他們全部都很羨慕我可以來去自如，不用受限於火車。我們興高采烈地聊了好一會兒，接著我就開始聊起了書——我原本沒有打算要這樣。最後他們堅持要我帶他們去看流動寶庫。我們全部都到安置著車廂的馬廄，他們開始在書架上挑書。我還來不及反應，就已經賣出價值五塊錢的書了。儘管我決定不要在星期天做生意，但是我不能拒絕賣書給他們，因爲他們的熱切神情看起來像是要找眞正的好書來讀。有個男人一直談論哈洛·貝爾·萊特㉞，但我得承認我眞的沒聽過他的大名。顯然教授也沒有進他的書。讓我覺得好笑的是，畢竟這紅鬍小矮子對文學也不是無所不知嘛！

結束後我在猶豫要去教堂還是寫信。最後我決定寫信。第一封信是給安德魯的，信的內容是：

親愛的安德魯：

眞是好笑！覺得離開薩賓莊已經有一段時日，但實際上卻只有三天而已。老實講，這三天來發生在我身上的事情，已經勝過我在家三年的經歷。

我很遺憾你和米福林先生的意見相左，但是我很能了解你的心情。但是你眞不該企圖阻止他兌現我的支票，我對此感到很生氣。這不干你的事，安德魯。我打電話給薛利先生，要他吩咐木橋鎭的銀行付錢給米福林。米福林先生並沒有騙我向他買流動寶庫，這完全是我自己的主意。如果你想聽眞相的話，我可以告訴你：這都是你的錯！我之所以買下它是因爲我很害怕，如果我不先下手爲強，恐怕就會被你買走。而我不想被你丟下，一個人獨守農莊，而你則外出晃蕩到感恩節才回來。所以我決定自己出去晃蕩。當時我就是想看你被我丟下後，會怎樣一個人操持家務。我想如果我能暫時把一切拋到腦後，自己去外面闖一闖，應該是很棒的一件事。

現在，安德魯，以下這些是我給你的一些指令：

㉞哈洛．貝爾．萊特（Harold Bell Wright，一八七二～一九四四）：美國作家。

第一，不要忘記兩天餵一次雞，還要把全部的雞蛋都收起來。柴堆後面有個雞窩，還有一些懷安多特雞則是在冰窖下趴著。

第二，別讓蘿絲去碰祖母的藍色瓷器，因爲如果這瑞典妞伸出她粗大的手指去碰，它唯一的下場就是被打破。

第三，別忘記穿上比較暖和的內衣。晚上已經變冷。

第四，我忘記把套子蓋回縫紉機上，請你幫我蓋回去，否則會弄得機器上到處是灰塵。

第五，晚上不要讓貓在屋子裡到處亂跑，牠總是會打破東西。

第六，如果你有襪子還是任何東西需要縫補的話，儘管送到麥奈利太太那裡，她會幫你的。

第七，不要忘記餵豬。

第八，不要忘記修理穀倉上的風向雞。

第九，不要忘記送一桶蘋果去酒坊；否則等到秋末，德先生來訪之際，你要拿什麼酒招待人家？

第十，為了要湊成「十誡」，我只好再加上一點：你可以打電話給柯林斯太太，告訴她下週「姊妹會」要改在別人家裡舉行，因為我不知道自己何時會回去。我大概會離家兩個多禮拜。好久沒有度假了，所以我會慢慢享受假期的滋味。

教授（我是指米福林先生）回布魯克林去寫書了。我很遺憾你跟他居然在大路上像兩個小流氓一樣扭打起來。他是個很好的小矮子，如果你有機會認識他的話，也會喜歡上他的。

這禮拜天我在貝斯鎮度過，明天我要前往哈斯汀鎮。即使今天是禮拜天，我在早上還是賣出價值五塊錢的書。

你親愛的妹妹

海倫・麥吉爾

星期天早晨，寄自貝斯鎮的麋鹿旅館

附註：打穀機用完記得要清理，不然它會變得很恐怖。

寫信給安德魯以後，我想我要捎個信給教授。我腦海裡已經有一封寫給他的長信，但是不知道爲什麼，當我提筆要寫的時候，卻出現一種不知所措的感覺。我不知道要如何起頭。唉，如果他就在我身邊，讓我聽聽他說話，不知道該有多好？然後，當我開始寫前面幾句的時候，有些推銷員回到大廳裡來。

其中一人說：「我想妳應該會想看星期天的報紙。」

我說聲謝謝，順手接過報紙，先大略地看一下標題。醜陋的黑色字跡映入我眼簾，我感到心臟一陣強烈的收縮，指頭也變冷了。

海岸邊發生慘劇

特快列車誤闖支線

……

十人喪命，二十餘人負傷

……

警示標誌無效

那些字體在我眼中變得好像「麥芽牛奶」的招牌一樣大，讓我怵目驚心。我在閱讀內文的時候感到渾身顫抖。顯然星期六下午四點從普郡車站出發的特快車到六點的時候，就在威爾登站附近衝進沒有封閉的支線，結果和一連串空車廂發生碰撞。放置行李的車廂全毀，吸煙車廂翻覆，而且掉入一道堤防下方。有十人喪生……我的頭感到一陣暈眩。這是教授坐的那一班火車嗎？讓我想一下。他在三點鐘搭上木橋鎮的地方線火車，前天他曾說過那班特快車會在五點離開維格港……如果他改搭上那班特快車的話……

在一陣迷亂驚恐中，我的眼睛看到喪生者的名單。我沿著名字往下看。感謝老天爺，沒有，米福林的名字沒有在裡面。但是我看到最後一個寫的是：

無法辨識身分的中年男性

如果這個人是教授怎麼辦？

我突然感到一陣暈眩，接下來則是我畢生第一次暈倒的經驗。

感謝老天，當時沒人在大廳裡，推銷員們都出去了，沒有人聽到我從椅子掉下來。沒多久我就醒了，我的心就像陀螺一樣轉來轉去。一開始我沒有意識到哪裡出錯，然後我的眼睛又看到了報紙。我發狂似地把報導重讀一遍，包括傷者名單，那是我剛剛漏掉的。沒有一個名字是我認識的。但是那幾個令人悲痛的字眼：「**無法辨識的中年男性**」又在我眼前飛舞。啊，如果那是教授的話，該怎麼辦？

一股眞實的情感湧上心頭。我愛這個小矮子。我愛他，我愛他。他把我的生命帶入一個全新的領域，而他的勇敢，他的古怪，在在都讓我這又胖又老的女人感到心頭一陣溫暖。經過這不斷襲來而無法忍受的痛苦，我似乎第一次了解到：如果沒有他，我的人生就再也沒有樂趣了。現在，我該怎麼做呢？

我要怎麼打聽實際的狀況？如果他眞的搭了那班火車，而且毫髮無傷地逃過一劫，當然會捎信到薩賓莊讓我知道。無論如何，這也是有可能的，於是我衝到電話旁，打電話給安德魯。

喔！在這十萬火急的時刻，這電話訊號卻又慢呑呑，眞是令人苦惱。當我跟接線生說「瑞菲鎭一百五十八J號」的時候，聲音在顫抖著。我因爲緊張而心跳加快，我等著從電話線的另外一頭聽見話筒發出熟悉的咔嗒聲。我聽見瑞菲鎭的總機接起電話，並且把電話接到我們那條線。我依稀可以在想像中看見電話機就掛在薩賓莊那老舊迴廊的牆上。我還可以看到那塊用灰泥補起來的地方，因爲安德魯講電話時總習慣把手肘放在上面，所以變得髒兮兮。我可以看到他總是用鉛筆草草記下電話號碼的地方，而我總是拿麵包屑把字擦掉。我可以看見安德魯從起居室裡出來接電話。接著我聽到接線生漫不經心地說：「沒人接。」當我從電話亭出來時，我的前額已經汗濕了。

我希望這輩子再也不會經歷接下來一個小時裡的那種驚恐感覺。別看我平常一副粗率熱情的模樣，遇到麻煩的時候我可是跟蚌殼一樣沉默寡言。我決定把我心裡的苦惱與焦躁掩飾起來，不讓麋鹿旅館裡面這些老好人知道。我急著跑到火車站去，想發一封電報到教授在布魯克林的地址，但發現地方是關閉的。有個男孩告訴我，要到下午才會開門。我從一家藥房打電話給威爾頓的查號台，透過當地接線生的指點，最後終於跟一位殯葬業者接上了線。電話那頭傳來的是一個可怕悽慘的聲音，（你曾透過電話跟殯葬業者交談嗎？）他告訴我死者裡面並沒有米福林這個名字，但是也承認至今仍有一具屍體無法確認身分。他用了一個讓我打顫的可怕字眼：「臉部無法辨識」。我掛掉電話。

那時我才第一次體會到寂寞的可怕。我想到我曾看過那可憐的小矮子所使用的筆記本。我想到他那勇敢與可愛的神情，也想到那頂可悲的小呢帽，想到他那件掉了鈕扣的外套，想到他那破損的袖子上滿是縫補的痕跡。對我來講，天堂是什麼呢？如果能讓我跟教授一起坐在寶庫上，在鄉間路上漫遊，那似乎就是天堂。如果我早點認識他，那會怎樣？只不過，要多早？他把充滿光輝的理念帶進我那平凡無奇的生命。如今，我是不是永遠失去了這光輝呢？安德魯與農莊似乎已經變得模糊而遙遠。我是一個居家型的老女人，心裡非常孤苦與無助。在迷惑中我走到村子的外圍，忍不住哭了出來。

最後我又打起精神。過去我到底對自己隱藏了一些什麼？坦白講，我現在可以毫不羞愧地把它說出來——我戀愛了，我愛上了一個矮小而蓄著紅鬍的書商，對我而言，他身上閃耀的光輝比圓桌武士還燦爛。而且我發誓：如果他願意要我，我將跟著他流浪到天涯海角。

我走回旅館。我想我應該再打電話給安德魯。當我最後聽見話筒的咔嗒聲之際，全身的靈魂都在振顫。

「喂？」這是安德魯的聲音。

「噢，安德魯，」我說：「我是海倫。」

「妳在哪裡？」（從他的聲音可以聽出怒氣。）

「安德魯，那個……那個米福林有沒有捎來什麼訊息？昨天不是有發生一場火車意外？他有可能在車上……我好害怕。你覺得他是不是……受傷了？」

安德魯說：「妳胡說八道什麼廢話？如果妳想知道米福林的下落，我告訴妳，他正在維格港的監獄吃牢飯啦！」

接下來我想安德魯應該覺得很意外。我開始又哭又笑，在一陣激動之中，我放下了話筒。

13

我心裡立刻有一股衝動想要躲藏到一個可以任意宣洩感情的隱密角落，不用有任何顧忌，也不需要別人來安撫我。在離開電話亭之前，我盡可能把臉部調整到最鎮靜的表情；然後我走過大廳側邊，從側門溜掉。我走進馬廄，我的好馬兒老珮格正在自己的欄位裡吃飼料。從馬身上以及舊馬具的皮革上傳來一種熟悉的香味，當薄克在我腳邊雀躍蹦跳時，我把頭伏在珮格脖子上哭了出來。我想這匹上了年紀的胖母馬應該了解我的心。牠身上跟我有許多相同之處：肥胖的身材，平凡無奇，一樣已屆中年——還有我們都愛教授。

安德魯的話語突然又在我的腦海裡回響。剛剛因爲鬆了一口氣而陷入喜悅之中，幾乎沒有注意到他說些什麼，但是現在我搞懂他的意思了。「吃牢飯。」教授在坐牢！這就是爲什麼他會以詭異的方式消失在木橋鎮。那個叫做薛利的矮小渾球一定從瑞菲鎮打電話過來，當教授到木橋鎮的銀行去兌現支票時，剛好被逮個正著。這就是爲什麼他們把我支開，把我騙到那個擺有紅木家具的會客室。這絕對是安德魯一手策劃的。那個昏聵的老混蛋！通紅的臉龐除了顯現我的怒意之外，也說明了一種被羞辱的感受。

我從來不知道眞正被人激怒的感覺。我的腦袋一陣刺痛。教授居然在坐牢！這位英勇如騎士一般的小矮子，居然被人跟遊民、小偷關在一起，甚至被人懷疑是個騙子……難道他們的意思是：我連自己都不能照顧，所以才被人騙？他們到底把他當成什麼？綁架犯嗎？

我很快決定趕回維格港，沒有片刻耽擱。如果安德魯眞的叫人把教授關起來，他一定是指控教授詐騙我，當然他不會指控教授在離開薛比鎮的那條路把他打得流鼻血。如果我出現否認他的指控，他們當然得釋放米福林。

我相信我一定在珮格的馬廄裡自言自語，不管是不是如此，此刻我看到馬伕出現在我眼前，而且他看我的神情顯得有點不知所措——因爲當時我雙頰緋紅而且顯然很激動，還跟馬兒講話。我問他，下一班前往維格港的火車是幾點？

他說：「嗯，女士，據說所有的地方線火車都停駛，直到威爾登站的事故現場清理完畢，才會重新開放。既然現在是禮拜天，我想妳得等到明天早上才有車可以坐。」

我想了一會兒。回維格港的路途其實也沒有那麼遠，我只要到當地的車行去搭車，最多幾個小時的時間就可以帶我回到那兒。但我就是覺得應該開著教授的流動寶庫去搭救他；儘管花的時間會長一點，但這樣似乎比較合適。老實講，雖然安德魯把他送入牢房這件事讓我很生氣，也備感羞辱，但在我內心深處，卻很感謝安德魯。如果他遇上那件火車事故怎麼辦？瑞菲鎮的智者終究扮演了上帝使者的角色。而如果我現在立刻駕著流動寶庫離開的話，最晚最晚禮拜一早上就可以抵達維格港了。

我以最快的速度吃完午飯，麋鹿旅館的那些老好人們感到訝異不已，但我沒有多做解釋。只有老天爺知道我腦袋裡想的都是其他事情，就算他們拿石綿給我吃，我也會把它當成蘋果醬。我想大家都知道，女人一輩子只會談一次戀愛；如果戀愛的機會一直到她將近四十歲才出現，就該緊緊把握！大家都可以看得出來，我對戀愛還沒有免疫，此時我不是跟懷春的少女一樣？當年紀還很小的時候，我就開始當女家教，而女家教的身分不容許我有一點輕佻。所以當戀愛的浪潮襲上心頭時，我馬上被淹沒了。當一個女人發現自己愛上某人時，就是這樣。不管是老女人或胖女人，醜女人或平凡的女人，都是如此。她會覺得自己的心裡有些許悸動，自己就好像成熟的梅子一樣，自然而然會從樹上掉下。我不在乎羅傑．米福林跟我這一對伴侶有多古怪，就算跟老約翰生博士㉟與他老婆一樣怪也無所謂，我只知道一件事：等我與這個矮小的紅鬍仔重逢以後，我將完全屬於他——只要他願意。這就是爲什麼我一直把貝斯鎮這家老舊的麋鹿旅館當成一個聖地。因爲我就是在那裡得知生命裡還有新鮮的事情值得我期待：一件比烤餅乾給安德魯吃更棒的事情。

㉟老約翰生博士：指英國作家與辭典編撰家薩謬．約翰生（Samuel Johnson，一七〇九～一七八四）。

那個星期天就跟新英格蘭居民在十月會碰到的一般星期天一樣，溫潤的金黃色陽光普照大地。每個農夫都知道，那一年其實到三月才算開始，而到九月底、十月初的時候，正是最爲完美而純熟的時節。有幾天讓人感覺到整個世界好像停止運轉，全部陷入一片夢幻似的甜蜜寂靜之中，而水果的產量也達到最豐沛的頂端。我沒有辦法跟安德魯一樣用言語來形容它，但多年來我總會注意到秋天裡有這種時刻。我還記得，有時候在農莊裡，我會趁著晚餐前的短暫時刻，靠在柴堆上欣賞十月裡的紫色夕陽。我會聽著安德魯的書房裡傳來小打字機叮叮的響亮聲音。然後我會試著把這美景與渴望銘記在心，接著才回去繼續做我的馬鈴薯泥。

珮格拖著流動寶庫走在偏僻的路上，牠的腳步愉悅，車輪則傳來低沉的轆轆聲。我想牠知道我們要回去找教授。薄克在路旁使勁亂跑亂跳。而我，有很多時間可以思考。整體而言，我現在的心情是高興的，因爲我有很多事情可以想。這趟冒險本來只是我一時起意要戲弄安德魯，沒想到現在卻變成我生命的重點。我想我就跟年輕浪漫的姑娘一樣滿腦子幻想，但是我可以對著喬治．艾略特的骨頭發誓，我也替那些沒有機會幻想的女人感到遺憾。米福林現在身陷囹圄，是的，但是總比死了好吧？或者……「臉部無法辨識」！我的心不想陷入悲傷的情緒中。我現在要把他從從討厭的監獄裡救出來。我和這季節之間似乎有一種很強烈的聯繫呢！我邊走邊看著沿路的秋麒麟草已變得枯黃下垂，於是我悟出了這個道理。現在我已經到了女人黃金歲月的頂端，馬上就要衰退進入人生的秋天。而你瞧！因爲上帝的恩寵，我找到了我的男人，我生命的主宰！他的熱情與勇氣打動了我。我不關心安德魯的遭遇，或者薩賓莊以及這世界的其他事物有何改變，這裡就是我安身立命的地方——無論是流動寶庫，或者任何可以讓羅傑搭帳棚的地方。我想像自己與他一起在暮色中橫越布魯克林橋，看著摩天大樓逐漸消失在一片火紅的空中。我只想要用眞實的名稱來稱呼事物。墨水就是墨水，幹嘛在瓶子上貼著「商業液體」的標籤呢？我不想逃避自己已經墜入情網的事實。事實上，我還引以爲傲。當流動寶庫在路上前進的時候，赭紅的楓葉在十月的藍天裡緩緩飄降，我自己編了一首歌曲，我把它叫做：

〈獻給墜入情網的中年胖女人：一首頌歌〉

喔，主啊，感謝祢把這趟冒險之旅送上門來！老處女的生活宛如一片荒地，令人感激的是，我已經從荒地中走了出來！因爲我看到愛的光輝，比我自己更偉大！調粉、揉麵、烘焙，這些並不是我生命的全部；感謝祢讓我悟透這道理。即便他不愛我，主啊，我也永遠屬於他！

我來到靠近木橋的地方，嘴裡哼著這首歌給自己聽，這時候我遇見一台閃閃發亮的大汽車在路邊拋錨。有幾個顯然是聰明又有錢的人在樹下站著，他們的司機則忙著換輪胎。我陶醉在自己的幻想裡，本來我覺得不應該注意他們，但是我突然想起教授的信條：不論時機恰不恰當，都該傳遞有關好書的福音。管它現在是不是禮拜天，我想我向米福林致敬的最好方式，就是替他貫徹原則。我把車停到路邊。

我注意到這些人面面相覷，滿臉詫異，而且低聲交頭接耳。裡面有個長者，從他削瘦的臉可以看出他是個工作勤奮的人；一個粗壯的女人顯然是他的妻子；其他還有兩個女孩以及一個穿著高爾夫球服的男人。不知道爲什麼，我覺得長者的臉龐似乎有點熟悉。因爲安德魯曾給我看過他那些文友的照片，所以我想他或許是其中之一。

薄克站在輪子邊，蜷曲的長長舌頭不斷從嘴裡縮進吐出。我猶豫了一會兒，正想著如何展開攻勢，卻聽見那長者大聲叫道：

「教授人在哪裡？」

這時候我才了解，米福林確實是個公眾人物。

我說：「天啊，你也認識他嗎？」

「可以這麼說啦！」他說：「去年春天他不是來找我，要我撥款給學校圖書館嗎？他還說：不達目的，絕不離開！那一晚他留在我家，我們徹夜暢談文學，直到早上四點。他現在在哪兒？流動寶庫現在由妳接手嗎？」

我說：「此刻，米福林先生正待在維格港的監獄裡。」

女士們小聲驚呼，那位紳士（我猜他大概是學校委員或類似的人物）似乎也一樣驚訝。

「在牢裡！」他說：「他到底犯了什麼罪？他有逼人閱讀尼克・卡特㊱的故事或者貝莎・克雷㊲寫的東西嗎？他最多也只可能犯這種罪而已。」

「有人以為他騙了我四百元。」我說：「我哥哥叫人把他關了起來。但事實上，叫他去跟母雞騙一顆剛剛生出來的雞蛋，他都還辦不到哩！是我心甘情願把流動寶庫買下的，我現在要去維格港把他從牢裡弄出來。然後我要叫他跟我結婚——如果他願意。今年不是閏年，可別浪費時間。」

他看著我，他那削瘦，滿臉皺紋的臉龐露出友善的神情。他是個長相好看的男人——有著寬闊的褐色前額，短短的灰色頭髮全部往上梳。我注意到他那套名貴的深色西裝，和那沒有污點的衣領。他顯然是個有教養的人。

「女士，」他說：「教授的任何一位朋友也就是我們的朋友。」他的妻子與女孩們都點頭同意。「如果妳想搭我們的車，以便早點把事情辦妥，我確定鮑伯會樂於幫妳把車開到維格港。我們的輪胎很快就會修好了。」

那位年輕男士好心答應幫我，但就像我之前所說的，我決意自己把流動寶庫開回去。因為米福林剛剛遭遇這種惱人的經驗，如果一出獄就可以看到自己的老窩，心裡肯定會痛快一點。所以我拒絕他的提議，並且把前因後果更完整地描述給他聽。

「好吧，那麼就讓我有機會幫一下忙吧。」他從皮夾裡面拿出一張名片，草草在上面寫了一些字，然後說：「當妳到維格港的時候，在牢裡出示這張名片，我想就不會有問題了。我剛好認識那裡的人。」

於是，跟大家一一握手後，我又繼續上路，因爲這段充滿溫馨友情的小插曲而讓我更有精神。直到上路一陣子後，我才想到要把他給我的名片拿出來看。接著我才發現這個人的臉爲何如此眼熟。名片上面印的字非常簡潔：

羅利．史東．史泰福

州長公署

達靈頓自治區

他是這個州的州長呢！

㊱尼克．卡特（Nick Carter）：十九世紀小說裡面的一個偵探角色。

㊲貝莎．克雷（Bertha M. Clay）：十九世紀女性小說家，眞名爲夏綠蒂．布雷姆（Charlotte Brame）。

14

當流動寶庫從山丘頂端通過時，我又看到河流出現在前方不遠處，此刻我忍不住咯咯笑了出來。這跟我還是小女孩時所想像的浪漫愛情是多麼不同啊！一路走來，我一生的特色就是如此：充滿了平凡無聊的事件，儘管我決心當個有知識而且嚴肅的人，但我的人生就是這麼滑稽。每當我想到威爾登站的火車意外，以及那些正在哀悼傷心的人們，我就一直想掉眼淚。我在想：州長會不會是去威爾登站指揮善後事宜，剛好在回程跟我相遇？

名片上面寫的是：「請立即釋放羅傑·米福林，並且全力善待這位女士。」所以我想待會應該不會遇到麻煩。這讓我更急著趕路，在過了渡口以後，我們在木橋鎮只停留一會兒吃頓晚餐。車子經過那間要我在接待室裡面等候的銀行——如果有機會讓我用皮鞭抽打那個鬼鬼祟祟的矮小出納，該有多痛快？眞不知道他們怎麼把教授轉送到維格港？而且好笑的是，他在星期六上午本來還提議把那些遊民送進維格港的監獄呢！但我毫不懷疑，他那在逆境中泰然自若的精神，鐵定會幫助他度過這一關。

此時木橋鎭跟任何星期天夜裡的鄉下城鎭一樣，都是一片死寂。在我停下來吃晚餐的那家小旅館裡，大家談的話題都是跟火車意外有關的。但是那位旅館老闆，在我付錢的時候碰巧注意到院子裡的流動寶庫。

他斜著眼睛問我：「這就是那個書販賣給妳的車吧？不是嗎？」

我簡潔地回答他：「是的。」

「我猜妳是要回來告發他的吧？」他猜測道：「那傢伙眞是隻蠻牛，相信我。當治安官要幫他戴上手銬時，眼睛被他打出了黑眼圈，下巴也差點斷掉。就一個小矮子而言，他算是很會幹架的！」

我心裡想著：「我勇敢的小矮子可眞是個鬥士。」臉上泛起一陣緋紅。

返回維格港的這一段路似乎沒有盡頭。想起普拉特家附近採石場裡的遊民，讓我有點緊張，但是因爲有薄克跟我一起坐在駕駛座，覺得自己大驚小怪倒像是個膽小鬼。我們在黑暗中緩緩漫步，頭頂上，兩排黑黑的松樹之間的夜空中，是一條星星編織而成的緞帶，再來則是一個個可以眺望水面、地勢起伏不定的沙丘。月亮也還掛在那裡，只不過我太累、太孤寂，又太想看到我的紅鬍小矮子，所以沒有注意它。珮格也累了，沉重的腳步開始變慢。我們一定是過了午夜才看到鐵路的紅綠訊號燈，而我知道維格港就在前方不遠處了。

我決定在原地露宿。我帶著珮格走到路旁的一片平地，把牠綁在一道圍籬上，帶著小狗跟我一起進去車廂。我因爲太累，索性就不脫衣服了。我倒在床鋪上，拉了一條毛毯蓋在身上。這時候有東西啪的一聲掉在床後面。是一根被教授遺忘的玉米梗煙斗，整支黑漆漆的。我把它放在枕頭下，接著就睡著了。

禮拜一是十月七號。如果這本小說寫的是一個迷人、削瘦、有雙溫柔大眼的女孩，那麼我該怎樣描述她在隔天早上起床時的那種心情呢？應該跟我現在要說的大不相同。身爲一個新英格蘭的肥胖家庭主婦，這裡的故事只是我生命樂章的一部分

——坦白講，我起來時只感到一陣平淡乏味。天色灰暗而且冷冷的，長島海峽升起了一片片朦朧的薄霧，天空裡只有幾隻海鷗發出淒涼的叫聲。我感到不快而沮喪，還有——千眞萬確——害羞。我內心熱情的渴望是趕到教授身邊，想把他抱在懷裡，想在流動寶庫裡與他獨處，在陽光普照的小路上漫步前行。但是他說的話又在我腦海浮現：我跟他毫無瓜葛。如果他終究不愛我，那該怎麼辦？

我穿越兩塊平地，走到海灘上，微微的波浪正拍打著灘上鵝卵石。我用海水清洗臉龐與雙手。然後我回到寶庫，泡了一點咖啡加煉乳。我餵珮格與薄克吃早餐，然後再把珮格跟車廂套在一起，此時我感覺比較好一點了。當我開進城的時候，我必須在平交道前等待一列老舊的火車快速通過，它是從威爾登站開回來的。這意味著整條線已經恢復通車。我看到一群身上髒兮兮的人在火車上，當我想到他們這幾天以來一直在做什麼事情的時候，不禁打了一個冷顫。

維格郡立監獄就在城外大約一哩處，監獄裡是一棟棟醜陋的灰色石造營舍，外圍一道高牆上面有尖刺。謝天謝地，這時仍是大清早，所以我開車橫越街頭時並未遇見認識的人。最後我終於抵達監獄高牆邊的大門口。我在這裡遭到守門人阻擋。

他說：「女士，妳不能進來。昨天才是會客日，要到下個月才能再會客。」

「我一定要進去。」我說：「裡面有一個人因爲不實指控而坐了牢。」

「哪個犯人不是這樣說？」他平靜地回答我，並且在路中間吐了一口口水：「如果光是聽親友們的一面之辭，那所有的犯人都該放出去囉。」

我把史泰福州長的名片給他看，他不敢輕忽，退進一處崗哨——我猜大概是去打電話吧。

不久後他又回來。「治安官說他願意見妳，不過妳必須把這輛『坦克車』留在這裡。」他打開巨大鐵門下方的一扇小門，要裡面的另一個人帶我進去。他說：「帶這位女士去見治安官。」

維格郡立監獄裡一定有些犯人在這裡變成好園丁，因爲地面確實保養得很好。草地上一片綠油油，而且也修剪得很整齊。還有的是外面常見、但形狀卻很醜的花圃。遠方我看到一群穿著條紋工作服的人在修路，有兩個小孩在外面玩耍。我還記得當時我心裡想：居然在監獄高牆裡面這麼奇怪的地方養育小孩。

但是我還有其他的事情要想。我抬頭看這一棟森嚴的灰色建築物，裡面有一扇鐵窗後面正關著教授。我眞該對安德魯感到生氣，但是不知道爲什麼，這一切都讓我覺得自己在夢中。然後我被帶到治安官那間小屋的迴廊，沒多久我就開始跟他談話，他是一個粗脖子的大個兒，留著一道政治人物臉上常見的八字鬍。

我說：「你們這裡有個囚犯叫做羅傑．米福林嗎？」

「我親愛的女士，我腦袋裡可記不住我們所有的囚犯。請妳跟我來辦公室，以便查閱紀錄。」

我把州長的名片拿給他看。他看著名片的那個神情，彷彿在期待名片上的指示能改變或者不見。我們穿越一道草皮，走向牢房大樓。在一個空洞的大辦公室裡，他開始翻查犯人的資料卡。

「找到啦。」他說：「羅傑．米福林。年紀：四十一歲。圓臉。膚色紅潤。一頭紅髮，但已所剩無幾。身高，六十四英吋。脫衣後體重：一百二十磅。胎記……」

「別說了，就是他。」我說：「他爲何會被關在這兒？」

「他因爲無人來保釋他而關在這兒，稍後將會有審判。他被指控的罪名是企圖詐騙海倫．麥吉爾，單身婦女，年紀……」

的。」

「一派胡言！」我說：「我就是海倫．麥吉爾，他才沒有企圖詐騙我。」

「告訴已經提出了，而拘捕令則是由妳哥哥安德魯．麥吉爾代替妳提出申請

「我不曾授權安德魯代理我。」

「那麼妳是否撤銷控訴？」

我說：「當然。我心裡倒是很想反控安德魯，並且叫人逮捕他。」

治安官說：「這實在很不尋常。即使囚犯認識州長，我想也不能有例外。要有人出面切結才能夠把逮捕令作廢。根據本州法律，最親近家屬必須出面具結，擔保囚犯在獲釋後不會再犯。如果沒有最親近家屬的話……」

「當然有！」我說：「我就是他最親近的家屬。」

「妳是什麼意思？」他說：「妳和這位羅傑．米福林有何關係呢？」

「等我把他弄出這裡後我就要嫁給他。」

他突然發出一陣狂笑。他說：「我想誰也阻擋不了妳，對吧？」他把州長的名片釘在桌面的藍色文件上，並開始填寫文件。「好了，麥吉爾小姐，」他繼續說：

「請妳別把其他囚犯也帶走，不然我會失業。管理員會帶妳去牢房。非常抱歉，妳可以了解這個錯誤可不是我們造成的。如果妳見到州長的時候，是否可以請妳代爲轉達這一點？好嗎？」

我跟著帶路人走了兩段光禿禿的石階，走下一個被漆成白色的迴廊。這地方眞可怕——眼前只見一排一排厚重的門，門上是一扇扇裝有柵欄的小窗戶。我發現每一扇門都有一道扣環，像是保險箱一樣。我兩腳的膝蓋開始不自覺打顫。

但是這裡也沒有我想像中那樣驚心動魄啦。監獄管理員在一條長長通道的盡頭停下。他轉動轉盤時發出咔嗒咔嗒的聲音，我則在一旁等著，感受到一種恐怖的氣氛。我想我當時以爲教授被剃了光頭（其實他頭上也沒剩幾根毛可以剃了，可憐的羔羊），身上穿著帆布質料的條紋衫，而且還上了腳鐐。

大門猛力打開。裡面有一個狹小而清潔的房間，房裡放了一張行軍床，帶有柵欄的窗戶下方，是一張散落著一片片紙張的桌子。教授穿著他自己的衣服，正背對著我在振筆疾書。或許他以爲只是有人送食物來，或者他根本就沒發覺有人開門。我可以聽見他的筆正忙碌舞動著。或許我早知道，你們並不期待在他身上看出一絲英雄氣息，但相信他會拿出最好的表現！

教授背對著我們說：「詹姆士，我要一份檸檬鰈魚跟一杯雪莉酒。」顯然他曾跟這位獄卒開過玩笑，後者突然發出一連串笑聲。

他說：「大人，有位女士來看你。」

教授轉身，臉色變得很白。我認識他以來，第一次看到他說不出話。

他結結巴巴地說：「小姐……麥吉爾小姐。妳眞是我的救星。看見了嗎，我正仿效約翰・班楊㊳，在牢裡寫書呢！最後我終於開始寫書了。而且我發現這裡的人對文學根本一竅不通，他們甚至沒有圖書館哩！」

有這個像黑猩猩的獄卒站在我們後面，就算打死我，我也說不出心裡那些甜言蜜語。

教授把一張張手稿收拾好，我們一起下樓。他的書已經完成不少了，因爲他在牢裡的三十六小時已經寫完五十頁。我們到辦公室去簽了一些文件。治安官一直向米福林道歉，並提議要開車載他回鎭上，但是我說流動寶庫正停在大門等著呢。一聽到寶庫在這兒，教授的雙眼變得炯炯有神——他本來吵著要在監獄裡面推銷好書的，因爲我催著要趕快離開而作罷。治安官送我們到大門口後，再度與我們握手。

當我們走向珮格的時候，牠發出一陣嘶鳴聲，教授在牠柔軟的鼻子上拍一拍。薄克猛力拉扯牠的鍊子，簡直要樂瘋了。我們終於有機會獨處了。

㊳約翰·班楊（John Bunyan，一八二八～一八六八）：《天路歷程》（*A Pilgrim's Progress*）一書作者，曾數度因無照傳教而被監禁。

15

我不知道這事情是怎麼發生的。我們沒有駕車回維格港，反而轉向一條通往山丘的岔路，走過荒原時我們聞到海上吹來一陣陣新鮮甜沁的空氣。教授非常沉默地坐著，並且環顧四週。山丘上有一個樺樹林，陽光照射在光滑的樹幹上。

「能出獄眞好。」他平靜地說：「看了智者的書還以爲他對於曠野裡的空氣有強烈的愛好，但事實並非如此。否則他怎們忍心把別人攆進監獄？或許我應該在他鼻子上再打一拳。」

「喔，羅傑，」我說——此刻恐怕連我的聲音都是顫抖的——「眞抱歉，眞抱歉。」

不是很有說服力吧，對不對？接著，不知怎的，他的雙臂已經環抱住我了。

「海倫，」他說：「妳願意嫁給我嗎？我不是有錢人，但我存的老本已經夠我們過活。我們會保有流動寶庫，今年冬天我們可以到布魯克林過冬，把書寫完。我們可以叫珮格載我們到處旅遊，四處傳布對書與人類的愛。海倫——妳就是我要的，希望上帝好好保佑妳。妳願意跟著我，讓我成為世界上最快樂的書販嗎？」

珮格一定很納悶：這會兒哪來這麼多時間給我吃草，完全不受干擾？我知道我跟羅傑坐著，根本不管時間的流逝。接著他告訴我，那天下午與我第一次見面的時候，他就決定早晚要追到我了；此刻我成為全新英格蘭最驕傲的女人。我告訴羅傑那樁可怕的火車意外，還有我因為預感而痛苦悲傷。我想就是因為有這場火車意外，所以我們兩人都傾向於原諒安德魯。我們在長島海峽上方的沙丘享用了一點午餐，接著走那條越過山脊的捷徑，直接轉往薛比鎮，沒有再去維格港。珮格拉著我們前往綠棘鎮，我們倆邊走邊聊。

或許最棒的就是，當我們在丘陵路上移動時，開始降下了一陣冷冷的毛毛雨。教授——至今我仍這樣稱呼他，因為習慣改不了——教授在車廂前方蓋了一條塑膠布。薄克在主人腳邊跳來跳去，還轉著圈圈。羅傑拿出他的玉米梗煙斗來抽，我緊靠著他。我們「三人組」在一片陰沉中緩步前行——如果把肥胖而活潑的老珮格也算進來的話，就是「四人組」了——這地球上再也找不出另一個比我們更快樂的組合了。夏天過去了，我們已不再年輕，可我們面前還有美妙的事情在等待著我們去做。我聽著雨滴聲，還有寶庫車輪發出吱吱嘎嘎的聲音。我想起他把我烤過的麵包比喻成「文集」，我發誓，如果他願意的話，我可以幫他烤一百萬本「文集」。我們直到過了晚餐時間才抵達綠棘鎮，羅傑建議我們應該走一條較短的路，這樣我們可以早點抵達瑞菲鎮，但是我求他讓我們從薛比鎮這條路回去，因爲這正是我們出發時所走的路線，雖然我並未告訴他原因。當我們最後終於在叉路口的柯比旅店暫停時，天上下起大雨，我們也準備要休息了。

羅傑說：「親愛的，我們是不是該去看看旅館有哪種房間？」

我說：「我想到一件更棒的事情。我們去找坎恩先生，要他幫我們證婚。然後我們可以回到薩賓莊，這樣安德魯一定會嚇一跳。」

羅傑說：「我可以對著海曼女神發誓，妳說的對！」

我們抵達薩賓莊那片紅色大門口的時候一定已經十點了。雨已經停了，但輪子整個泡在泥濘中，每轉動一圈都會有水噴起來。起居室的燈仍然點著，透過窗戶，我可以看見安德魯正伏在他的工作桌上。因爲長途跋涉，我們下車時感到全身僵硬酸痛。我看到羅傑臉上混合了嚴肅與幽默，眞是好笑。

「現在來讓智者嚇一跳吧！」他低聲說。

我們避開水坑小心走著，然後敲敲門。安德魯出現在我們眼前，一手還拿一盞燈。當他看到我們的時候，不禁發出一聲咕噥。

「容我介紹我的妻子。」羅傑說。

「我的媽啊！」安德魯說。

但是安德魯並沒有像我所說的那麼壞。一旦他知道自己錯了以後，他就一直苦苦盼著能有機會彌補過錯。我只記得接下來的談話裡面有講到這麼一件事——因爲我被慘不忍睹的薩賓莊給嚇了一跳，所以我很快開始著手把房子恢復原狀。等流動寶庫被停放進穀倉裡，而動物們也都被安頓好以後，這兩個男人開始在火爐邊坐下來聊天。

安德魯說：「我告訴你，你想怎樣處置你老婆，請便，我已經受夠她了。但是我想把流動寶庫買下來。」

「門都沒有！」教授說。

Passion 09

輪子上的帕那索斯

Parnassus on wheels

作者：克里斯多夫・墨里　Christopher Morley

譯者：陳榮彬

責任編輯：李佳姍

封面設計：張士勇工作室

法律顧問：全理法律事務所董安丹律師

出版者：英屬蓋曼群島商網路與書股份有限公司台灣分公司

台北市 10550 南京東路四段 25 號 10 樓之 1

TEL：886-2-25467799 FAX：886-2-25452951

Email：help@netandbooks.com

網址：www.netandbooks.com

發行：大塊文化出版股份有限公司

台北市 10550 南京東路四段 25 號 11 樓

TEL：886-2-87123898　FAX：886-2-87123897

讀者服務專線：0800-006689

e-mail：locus@locuspublishing.com

網址：http://www.locuspublishing.com

郵撥帳號：18955675

戶名：大塊文化出版股份有限公司

總經銷：大和書報圖書股份有限公司

地址：台北縣新莊市五工五路 2 號

TEL：886-2-89902588　FAX：886-2-22901658

排版：天翼電腦排版印刷股份有限公司

製版：瑞豐實業股份有限公司

初版一刷：2007 年 2 月

定價：新台幣 200 元

國家圖書館出版品預行編目資料

輪子上的帕那索斯／克里斯多夫・墨里（Christopher Morley）著；陳榮彬譯．-- 初版．-- 臺北市：網路與書，2007〔民 96〕

面；　　公分．-- (Passion；9)

譯自：Parnassus on wheels

ISBN 978-986-82711-8-0（平裝）

874.57　　　　95026090

10550 台北市南京東路四段25號10樓之1

廣 告 回 信
台灣北區郵政管理局登記證
北台字第15343號

英屬蓋曼群島商網路與書股份有限公司臺灣分公司　收

請沿虛線撕下後對折裝訂寄回，謝謝！

地址：□□□□□ ＿＿＿＿市／縣＿＿＿＿鄉／鎮／市／區

＿＿＿＿＿＿路／街＿＿段＿＿巷＿＿弄＿＿號＿＿樓

Net and Books 網路與書

編號：NP009　書名：輪子上的帕那索斯

Net and Books 網路與書 **讀者服務卡**

謝謝您購買本書！

如果您願意收到網路與書最新書訊及特惠電子報：

一 請直接上網路與書網站 **www.netandbooks.com** 加入會員，免去郵寄的麻煩！

一 如果您不方便上網，請填寫下表，亦可不定期收到網路與書書訊及特價優惠！
請郵寄或傳真 +886-2-2545-2951。

一 如果您已是網路與書會員，除了變更會員資料外，即不需回函。

一 讀者服務專線：0800-252500　　email: help@netandbooks.com

姓名：________________　**性別**：□男　□女

出生日期：____年____月____日　**聯絡電話**：________________

E-mail：________________

從何處得知本書：1.□書店　2.□網路　3.□大塊電子報　4.□報紙　5.□雜誌
6.□電視　7.□他人推薦　8.□廣播　9.□其他

您對本書的評價：

(請填代號 1.非常滿意 2.滿意 3.普通 4.不滿意 5.非常不滿意)

書名____　內容____　封面設計____　版面編排____　紙張質感____

對我們的建議：________________